超簡單 **日語句型會話帶著背！**

林文茜 著　元氣日語編輯小組 總策劃

超簡單 日語
句型會話帶著背！

讓《超簡單 日語句型會話帶著背！》
陪您輕鬆說日文！

　　有不少學生問我：「如何輕輕鬆鬆開口說日語呢？」我總是這麼回答：「善用句型做代換的話，就可以事半功倍了！」

　　在課堂上，剛介紹完新的句型後，我會讓學生先讀過例句，了解句型的用法，再請他們自己試著思考其他可以代換的語彙，然後由我來確認是否正確。透過這樣的學習方式，學生們不但更熟悉句型的意思與用法，更能確信自己使用句型的能力。為了讓更多日語學習者能以這樣的方式學好日語、愛上日語，於是有了這本書的誕生。

　　這本書有以下六個特色：

一 超簡單

　　本書以清楚易懂的解說和小叮嚀，讓您不再混淆句子的用法。

二 超輕鬆

　　本書為輕巧攜帶本，可以陪您隨時輕鬆說日語！

三 超實用

　　本書中的會話例句，涵蓋了日常生活中、

學校裡、職場上高使用頻率的句子，並融入了日本人每天必說的打招呼用語，讓您帶在身邊使用。

四　超基礎

本書將必學的基礎日語句型，分為三十五種表達方式，讀者可自行選擇需要的句型來進行會話。

五　超方便

本書中豐富的例句和代換練習，不但便於學習，更能幫助您奠定日語基礎。

六　超好學

本書中出現的句型和單字，是準備日語能力測驗新制N4～N5的考生，必須熟知的句型和單字。一書在手即可輕鬆準備考試！

在我多年從事日語教育的工作中，發現日語學得好的學生，學習態度通常是實用的單字不漏背、基礎的句型搞清楚、發現問題後請教老師。讀了《超簡單 日語句型會話帶著背！》這本書後，歡迎您有任何日語學習上的問題能來函詢問。最後，在此感謝家人的支持，以及瑞蘭國際編輯群的努力，使得本書能夠順利出版。

林文茜

如何使用本書

單元名稱

三十五種必學的基礎日語表達，
讓您打好根基，學習有效率！

01 肯定的表達

句型

清楚列出各種
句型，主詞和
其他詞性的關
係一目瞭然！

句型 001

（主詞）は （名詞）です。

（某人、某物、某地）是～。

句型 002

（主詞）は （名詞）でした。

（某人、某物、某地）之前是～。

說明

簡明扼要地帶
出句型重點，
讓您學習事半
功倍！

說 明

　　句型 001 是表達名詞現在或未來的肯定句；
句型 002 則是表達名詞過去的肯定句。「は」
是助詞，用來指出主詞，如果沒有出現「（主
詞）は」，就是「我／這個東西／這裡」等主詞
被省略了。

小叮嚀

「は」在這裡唸作「wa」喔！

小叮嚀

不可不知的小
小叮嚀！

020 ((MP3 1

004

會話

將基本句型運用於生活會話中，立即就能開口！

會話1

わたしは 李です。どうぞ よろしく。

我姓李。請多多指教。

王です。こちらこそ よろしく。

我姓王。彼此彼此，請多多指教。

代換

① 陳、林　陳‧林

② 江、呉　江‧呉

代換

多加練習代換，就能掌握基本句型！

會話2

きのうは 何曜日でしたか。

昨天是星期幾？

月曜日でした。

星期一。

空格

清楚分隔單字，加深對單字的印象！

代換

① 木曜日　星期四

② 土曜日　星期六

MP3序號

日籍老師準確的發音與活潑的會話，陪您學習最正統的日本腔調！

超簡單日語 句型會話帶著背！

目錄

025 (主詞) は　 (動詞ます形) ましたか。

026 (主詞) は　Aですか、Bですか。

027 (主詞) は　(名詞) では　ありませんか。

028 (疑問詞) が　(名詞 / イ形容詞 / ナ形容詞語幹) ですか。

04 邀約、提出的表達 054 check!

029 (動詞ます形) ませんか。

030 (動詞ます形) ましょうか。

031 (動詞ます形) ましょう。

032 (名詞) は　どうですか。

05 修飾的表達 058 check!

033 (名詞1) の　(名詞2)

034 (イ形容詞語幹) い　(名詞)

035 (ナ形容詞語幹) な　(名詞)

036 (動詞辭書形 / ない形+ない) (名詞)

037 (動詞た形) た　(名詞)

038 (動詞て形) て　いる　(名詞)

039 (イ形容詞語幹) く　(動詞) 。

040 (ナ形容詞語幹) に　(動詞) 。

06 動作的表達 070 check!

041 (名詞) を　(動詞) 。

042 (場所) へ　行きます / 来ます / 帰ります。

043 (人) に　会います。
　　(人) に　電話を　かけます。
　　(人) に　(物) を　あげます / もらいます。

044 (物) に　します。

045 (場所) で　(動詞) 。

046 (交通工具 / 物) で　(動詞) 。

047 (動詞1て形) て　(動詞2) 。

048 (動詞1ない形) ないで　(動詞2) 。

超簡單 日語 句型會話帶著背!

07 存在的表達 082 check!

049 (場所) に (人、動物) が います。
050 (場所) に (植物、事物) が あります。
051 (人、動物) は (場所) に います。
052 (植物、事物) は (場所) に あります。

08 願望或希望的表達 087 check!

053 わたしは (名詞) が ほしいです。
054 Aさんは (名詞) を ほしがって います。
055 わたしは (名詞) を (動詞ます形) たいです。
056 Aさんは (名詞) を (動詞ます形) たがって います。
057 Aさんは (動詞ます形) たがります。
     Aさんは (イ形容詞語幹 / ナ形容詞語幹) がります。
058 わたしは (動詞て形) て ほしいです / もらいたいです。
059 わたしは (動詞ない形) ないで ほしいです /
     もらいたいです。

09 比較的表達 095 check!

060 Aは Bより (イ形容詞 / ナ形容詞語幹) です。
061 Aと Bと どちらが (イ形容詞 / ナ形容詞語幹)
     ですか。
062 A (B) の ほうが (イ形容詞 / ナ形容詞語幹) です。
063 Aは Bほど (イ形容詞否定形 / ナ形容詞否定形 /
     動詞否定形)。
064 Aの 中で Bが 1番 (イ形容詞 / ナ形容詞語幹) です。

10 程度、對比的表達 102 check!

065 (主詞) は (とても / もっと / ずっと)
     (イ形容詞肯定形 / ナ形容詞肯定形)。
066 (主詞) は (そんなに / あまり / 全然)
     (イ形容詞否定形 / ナ形容詞否定形 / 動詞否定形)。

067 （量詞）も （動詞）。

068 （動詞ます形 / イ形容詞語幹 / ナ形容詞語幹）
すぎます。

069 （名詞1）は （イ形容詞肯定形 / ナ形容詞肯定形 /
動詞肯定形）が、（名詞2）は （イ形容詞否定形 /
ナ形容詞否定形 / 動詞否定形）。

11 原因或理由的表達

070 （名詞）で （イ形容詞 / ナ形容詞 / 動詞）。

071 （イ形容詞語幹）くて （イ形容詞 / ナ形容詞 / 動詞）。

072 （ナ形容詞語幹）で （イ形容詞 / ナ形容詞 / 動詞）。

073 （動詞て形）て （イ形容詞 / ナ形容詞 / 動詞）。

074 （動詞ない形）なくて、（イ形容詞 / ナ形容詞 / 動詞）。

075 （句子1）から、（句子2）。

076 （常體句子1）ので、（句子2）。

077 （常體句子1）のは、（常體句子2）から / ためです。

078 （名詞）の ため（に）/ （常體句子）ために、～。

079 （常體句子1）し、（常體句子2）から～。

12 逆接的表達

080 （句子1）が、（句子2）。

081 （常體句子1）のに、（句子2）。

082 （名詞+で / イ形容詞語幹+くて / ナ形容詞語幹+で /
動詞て形+て）も、（動詞）。

13 列舉或並列的表達 131 check！

083 （名詞1）と （名詞2）

084 （名詞1）や （名詞2）など

085 （動詞1た形）たり、（動詞2た形）たりします /
しました。

086 （名詞1）も （名詞2）も

087 （イ形容詞語幹）くて、（イ形容詞 / ナ形容詞）。

088 （ナ形容詞語幹）で、（イ形容詞 / ナ形容詞）。
089 （句子1）。それに、（句子2）。

14 與時間有關的表達 141 check !

090 （動詞1辭書形）とき、（動詞2）。
091 （動詞1た形）たとき、（動詞2）。
092 （動詞1て形）てから、（動詞2）。
093 （動詞1た形）たあとで（動詞2）。
094 （動詞1辭書形）まえに（動詞2）。
095 （名詞 / 動詞辭書形）まで　〜。
096 （名詞 / 動詞辭書形）までに　〜。
097 （名詞+の / 動詞て形+て　いる）間、〜。
098 （名詞+の / 動詞辭書形 / 動詞ない形 /
　　動詞て形+て　いる）間に、〜。
099 （時間名詞）で（動詞）。
100 （動詞1ます形）ながら、（動詞2）。
101 （動詞た形）たばかりです。
102 たった今（動詞た形）たところです。
103 これから / 今から（動詞辭書形）ところです。
104 今（動詞て形）て　いるところです。
105 今（動詞て形）て　います。
106 （動詞て形）て　しまいます。
107 （動詞て形）て　おきます。

15 變化的表達 168 check !

108 （名詞）に　なります / します。
109 （イ形容詞語幹）く　なります / します。
110 （ナ形容詞語幹）に　なります / します。
111 （動詞辭書形 / 動詞可能形的普通形 /
　　可能動詞的辭書形）ように　なります。
112 （動詞可能形的ない形）なく　なりました。
113 （動詞て形）て　きます。
114 （動詞て形）て　いきます。

16 個人意志、打算的表達

115 （動詞辭書形）つもりです / つもりは　ありません。
116 （動詞ない形）ないつもりです。
117 （動詞意志形）（よ）う /（動詞ます形）ましょう。
118 （動詞意志形）（よ）うと　思って　います /
　　思います。
119 （動詞意志形）（よ）うと　します。
120 （動詞て形）て　みます。

17 許可、禁止的表達

121 （動詞て形）ても　いいです / ても　かまいません。
122 （動詞て形）ては　いけません。
123 （動詞辭書形）な！

18 請求的表達

124 （物）を　ください。
125 （動詞て形）て　ください。
126 （動詞ない形）ないで　ください。
127 （動詞辭書形）ように　して　ください。
128 （動詞ない形）ないように　して　ください。
129 お（和語動詞ます形）ください /
　　ご（漢語動詞語幹）ください。

19 義務的表達 199 check！

130 （動詞ない形）なければ　なりません /
　　なければ　いけません / なくては　なりません /
　　なくては　いけません。
131 （動詞ない形）なくても　いいです /
　　なくても　かまいません。

超簡單 日語 句型會話帶著背！

150 ～に よると、（動詞普通形 / イ形容詞普通形 /
ナ形容詞語幹）らしいです。

151 （常體句子）と いうことです /（常體句子）との ことです。

152 （常體句子）と 言って いました。

25 引用的表達 232 check！

153 （常體句子）と 言います / 考えます / 聞きます。

154 （動詞辭書形）ように 祈ります / 頑張ります。

155 （動詞ない形）ないように 祈ります / 頑張ります。

156 （動詞命令形 / 意志形）と 言います。

157 （動詞禁止形）と 言います。

158 （名詞1）と いう（名詞2）。

159 （動詞辭書形）か どうか 分かりません /
決めて いません。

160 （常體句子）って。

26 說明的表達 242 check！

161 （動詞普通形 / イ形容詞普通形 / ナ形容詞語幹+な /
名詞+な）の / んです。

162 （動詞普通形 / イ形容詞普通形 / ナ形容詞語幹+な /
名詞+な）のは、～です。

163 （動詞普通形 / イ形容詞普通形 / ナ形容詞語幹+な /
名詞+な）わけです。

27 接受、給予的表達 248 check！

164 Aは Bに （物）を あげます / さしあげます /
やります。

165 Aは Bに （物）を もらいます / いただきます。

166 Aは わたしに （物）を くれます / くださいます。

167 Aは Bに （動詞て形）て あげます / さしあげます /
やります。

168 Aは Bに （動詞て形）て もらいます / いただきます。

169 Aは わたしに （動詞て形）て くれます /
くださいます。

超簡單 日語 句型會話帶著背！

188 (動詞普通形 / イ形容詞普通形 / ナ形容詞語幹 / 名詞）だろうと 思います。

189 (動詞普通形 / イ形容詞普通形 / ナ形容詞語幹 / 名詞）かもしれません。

190 (動詞普通形 / イ形容詞普通形 / ナ形容詞語幹 / 名詞）らしいです。

191 (動詞普通形 / イ形容詞普通形 / ナ形容詞語幹+な / 名詞+の）ようです。

192 (動詞普通形 / イ形容詞普通形 / ナ形容詞語幹+な / 名詞+の）はずです。

193 (動詞普通形 / イ形容詞普通形 / ナ形容詞語幹+な / 名詞+の）はずは ないです。

32 命令的表達 298 check!

194 (動詞ます形）なさい！

195 (動詞命令形）！

33 使役的表達 300 check!

196 Aは Bに （物）を （他動詞使役形）（さ）せます。

197 Aは Bを （自動詞使役形）（さ）せます。

198 (動詞使役形）（さ）せて ください。

34 被動的表達 306 check!

199 Aは Bに （動詞被動形）（ら）れます。

200 Aは Bに （物）を （動詞被動形）（ら）れます。

201 (主詞）は （動詞被動形）（ら）れます。

202 (主詞）が / は （動詞被動形）（ら）れます。

203 (主詞）は （動詞使役形）さ（せら）れます。

35 尊敬、謙讓的表達 316 check!

204 (主詞）は お（和語動詞ます形）に なります。

205 お（和語動詞ます形）します / いたします。

一、本書中各種詞性的變化方式與動詞的語尾變化凡例如下：

常體（一般也稱為「普通形」）

詞性	現在、未來肯定	現在、未來否定	
動詞	<ruby>読<rt>よ</rt></ruby>む	<ruby>読<rt>よ</rt></ruby>まない	
イ形容詞	<ruby>寒<rt>さむ</rt></ruby>い	<ruby>寒<rt>さむ</rt></ruby>くない	
ナ形容詞	<ruby>有名<rt>ゆうめい</rt></ruby>だ	<ruby>有名<rt>ゆうめい</rt></ruby>ではない （<ruby>有名<rt>ゆうめい</rt></ruby>じゃない）	
名詞	<ruby>雨<rt>あめ</rt></ruby>だ	<ruby>雨<rt>あめ</rt></ruby>ではない （<ruby>雨<rt>あめ</rt></ruby>じゃない）	

動詞的語尾變化

動詞詞性	連接例1	連接例2	
動詞ない形	<ruby>行<rt>い</rt></ruby>かない	<ruby>泳<rt>およ</rt></ruby>がない	
動詞ます形	<ruby>行<rt>い</rt></ruby>きます	<ruby>泳<rt>およ</rt></ruby>ぎます	
動詞て形	<ruby>行<rt>い</rt></ruby>って	<ruby>泳<rt>およ</rt></ruby>いで	
動詞た形	<ruby>行<rt>い</rt></ruby>った	<ruby>泳<rt>およ</rt></ruby>いだ	

	過去肯定	過去否定
	読んだ	読まなかった
	寒かった	寒くなかった
	有名だった	有名ではなかった (有名じゃなかった)
	雨だった	雨ではなかった (雨じゃなかった)

	連接例3	連接例4	連接例5
	読まない	食べない	勉強しない
	読みます	食べます	勉強します
	読んで	食べて	勉強して
	読んだ	食べた	勉強した

動詞詞性	連接例1	連接例2	
動詞辭書形（一般也稱為「基本形」）	行く	泳ぐ	
動詞假定形	行けば	泳げば	
動詞意志形	行こう	泳ごう	
動詞命令形	行け	泳げ	
動詞禁止形	行くな	泳ぐな	
動詞可能形	行けます	泳げます	
動詞使役形	行かせます	泳がせます	
動詞被動形	行かれます	泳がれます	

＊當動詞為撥音便的第一類動詞（―・にます、
　―・びます、―・みます）和「―・ぎます」
　時，其て形和た形的句型接續方式分別為
　「―・で～」、「―・だ～」。

二、本書中的代換練習，為了方便初學者準確且
　　順利的進行代換，已經將代換單詞做了語尾
　　變化。

連接例3	連接例4	連接例5
読^よむ	食^たべる	勉強^{べんきょう}する
読^よめば	食^たべれば	勉強^{べんきょう}すれば
読^よもう	食^たべよう	勉強^{べんきょう}しよう
読^よめ	食^たべろ	勉強^{べんきょう}しろ
読^よむな	食^たべるな	勉強^{べんきょう}するな
読^よめます	食^たべられます	勉強^{べんきょう}できます
読^よませます	食^たべさせます	勉強^{べんきょう}させます
読^よまれます	食^たべられます	勉強^{べんきょう}されます

三、利用本書時，不必拘泥章節順序，可以試著
　　以情境所需，來查看日語句型的表達方式為
　　何，加以活用。

01 肯定的表達

句型 001

（主詞）は （名詞）です。

（某人、某物、某地）是～。

句型 002

（主詞）は （名詞）でした。

（某人、某物、某地）之前是～。

說 明

句型 001 是表達名詞現在或未來的肯定句；句型 002 則是表達名詞過去的肯定句。「は」是助詞，用來指出主詞，如果沒有出現「（主詞）は」，就是「我 / 這個東西 / 這裡」等主詞被省略了。

小叮嚀

「は」在這裡唸作「wa」喔！

會話1

わたしは 李り です。どうぞ よろしく。

我姓李。請多多指教。

王おう です。こちらこそ よろしく。

我姓王。彼此彼此,請多指教。

代 換
① 陳ちん、林りん　陳,林
② 江こう、呉ご　江,吳

會話2

きのうは 何曜日なんようびでしたか。

昨天是星期幾呢?

月曜日げつようびでした。

星期一。

代 換
① 木曜日もくようび　星期四
② 土曜日どようび　星期六

句型003

（主詞）は （イ形容詞）です。

（某人、某物、某地）很～。

句型004

（主詞）は （イ形容詞語幹）
かったです。

（某人、某物、某地）之前很～。

說明

　　句型 003 是表達イ形容詞現在或未來的肯定句；句型 004 則是表達イ形容詞過去的肯定句。

小叮嚀

　　日文的形容詞分為イ形容詞和ナ形容詞二種。イ形容詞的單字有個特徵，就是最後都會出現「い」，將「い」去掉就是它的「語幹」囉！

會話

加藤さんは **優しい**です。

加藤先生很體貼。

でも、昔は **厳しかった**ですよ。

但是，以前很嚴厲喔！

代換

① この 道、広い、狭かった

　 這條路，寬廣，狹窄

② りんご、安い、高かった 蘋果，便宜，貴

句型 005

（主詞）は （ナ形容詞語幹）です。

（某人、某物、某地）很～。

句型 006

（主詞）は （ナ形容詞語幹）でした。

（某人、某物、某地）之前很～。

說 明

句型 005 是表達ナ形容詞現在或未來的肯定句；句型 006 則是表達ナ形容詞過去的肯定句。

小叮嚀

日文中有些形容詞後面接續名詞時，以「—・な＋名詞」形式出現，稱為ナ形容詞。將「な」去掉就是它的「語幹」了。

會話1

 お元気ですか。

你好嗎?

はい、元気です。

是的,我很好。

代換

① 大丈夫、大丈夫 　沒問題,沒問題

② お暇、暇 　空閒,空閒

會話2

ここは 便利です。

這裡很方便。

ええ、でも、昔は 不便でしたよ。

是的,不過,以前是不方便的喔!

代換

① この 町、静か、にぎやか

這個城鎮,安靜,熱鬧

② 日本語の 先生、親切、不親切

日文老師,親切,不親切

句型 007

（主詞）は　（動詞ます形）ます。

（某人）經常或將要做（某個動作）。

句型 008

（主詞）は　（動詞ます形）ました。

（某人）之前做了（某個動作）。

說 明

　　句型 007 是表達動詞現在或未來的肯定句；句型 008 則是表達動詞過去的肯定句。

小叮嚀

　　表現出時態的時間名詞，例如：毎日（每天）、きのう（昨天），可以放在句子最前面，或是「は」的後面。

會話1

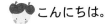こんにちは。
午安。

こんにちは。
午安。

毎日 勉強します か。
每天唸書嗎？

はい、毎日 勉強します。
是的，每天唸書。

代換

① 働きます、働きます　工作，工作
② 散歩します、散歩します　散步，散步

會話2

おはよう　ございます。
早安。

おはよう　ございます。
早安。

けさ　運動しました　か。
今天早上運動了嗎？

はい、　運動しました　。
是的，運動過了。

代 換

① ジョギングしました、ジョギングしました
慢跑了，慢跑了

② 買い物しました、買い物しました
買東西了，買東西了

02 否定的表達

句型009

（主詞）は　（名詞）では
ありません。

（某人、某物、某地）不是～。

句型010

（主詞）は　（名詞）では
ありませんでした。

（某人、某物、某地）之前不是～。

說明

　　句型 009 是表達名詞現在或未來的否定句；
句型 010 則是表達名詞過去的否定句。

小叮嚀

　　「では　ありません」也可說成「じゃ
ありません」；「じゃ」是「では」的口語。

會話1

🍓 きょうは 8日(ようか)じゃ ありませんよ。

7日(なのか)です。

今天不是八日喔。是七日。

😷 あ、すみません。わたしは 間違(まちが)えました。

啊，對不起。我搞錯了。

代換

① 10日(とおか)、 9日(ここのか)　十日，九日

② 2日(ふつか)、 1日(ついたち)　二日，一日

會話2

🍓 きのうは 雨(あめ)でしたか。

昨天是雨天嗎？

😷 いいえ、雨(あめ)じゃ ありませんでした。

不，不是雨天。

代換

① 曇(くも)り、曇(くも)り　陰天，陰天

② 晴(は)れ、晴(は)れ　晴天，晴天

句型 011

（主詞）は （イ形容詞語幹）
くないです。

（某人、某物、某地）不是～。

句型 012

（主詞）は （イ形容詞語幹）
くなかったです。

（某人、某物、某地）之前不是～。

說 明

　　句型 011 是表達イ形容詞現在或未來的否定
句；句型 012 則是表達イ形容詞過去的否定句。

小叮嚀

　　「イ形容詞語幹」一詞，請參考 01 單元
「肯定的表達」句型 003 、 004 。句中的「は」
可以改成「も」，是「也是」的意思。

會話1

こんばんは。

晩安。

こんばんは。

晩安。

<ruby>最近<rt>さいきん</rt></ruby> <ruby>忙しい<rt>いそが</rt></ruby>ですか。

最近忙嗎？

いいえ、あまり <ruby>忙しくない<rt>いそが</rt></ruby>です。

不，不太忙。

代 換

① <ruby>毎日<rt>まいにち</rt></ruby>、<ruby>楽しい<rt>たの</rt></ruby>、<ruby>楽しくない<rt>たの</rt></ruby>

每天，高興，不高興

② いつも、<ruby>眠い<rt>ねむ</rt></ruby>、<ruby>眠くない<rt>ねむ</rt></ruby>

總是，想睡，不想睡

會話2

きのうは　あまり　暑くなかった（あつ）ですね。

昨天不太熱呢。

ええ。

是啊。

代　換
① 寒くなかった（さむ）　不冷
② 蒸し暑くなかった（む・あつ）　不悶熱

句型013

（主詞）は （ナ形容詞語幹）では
ありません。

（某人、某物、某地）不是～。

句型014

（主詞）は （ナ形容詞語幹）では
ありませんでした。

（某人、某物、某地）之前不是～。

說 明

句型 013 是表達ナ形容詞現在或未來的否定
句；句型 014 則是表達ナ形容詞過去的否定句。

小叮嚀

「では　ありません」也可說成「じゃ
ありません」；「じゃ」是「では」的口語。

會話1

田中さんは　ハンサム　ですか。

田中先生英俊嗎？

いいえ、ハンサム　じゃ　ありません。

不，不英俊。

代換

① きれい、きれい　漂亮，漂亮
② 立派、立派　了不起，了不起

會話2

試験は　簡単　でしたか。

考試簡單嗎？

いいえ、簡単　じゃ　ありませんでした。

不，不簡單。

代換

① この　場所、にぎやか、にぎやか

這個地方，熱鬧，熱鬧

② この　大学、有名、有名

這所大學，有名，有名

（主詞）は　（動詞ます形）ません。

（某人）經常或將來不做（某個動作）。

（主詞）は　（動詞ます形）
ませんでした。

（某人）之前沒有做過（某個動作）。

說明

句型 015 是表達動詞現在或未來的否定句；
句型 016 則是表達動詞過去的否定句。

小叮嚀

日文的動詞變化都在句尾，句子通常要看
到或者聽到最後才知道對方的意思喔。

會話1

 あした 勉強します か。

明天要唸書嗎？

 いいえ、勉強しません。

不，不唸書。

代換

① あさって、働きます、働きません

後天，工作，不工作

② 日曜日、来ます、行きません

星期天，來，不去

會話2

鈴木さんは　きのう　出かけませんでした。

鈴木小姐昨天沒出門。

ずっと　部屋に　いました。

一直待在房間裡。

何か　ありましたか。

是不是發生什麼事了？

さあ……。

這個嘛……。

代換

① ゆうべ、行きませんでした

昨天晚上，沒去

② けさ、食べませんでした

今天早上，沒吃

03 疑問的表達

句型 017

（疑問詞）ですか。

是（誰、什麼東西、哪裡、
什麼時候……）呢？

說 明

　　日文的主要疑問詞有：**誰**（誰）、**何**（什
麼）、**何**（什麼）、**どこ**（哪裡）、**いつ**（什
麼時候）等，後面加上「ですか」就構成疑問
句。

小叮嚀

　　日文句子最後出現「か」，通常是疑問
句，語調要上揚。

會 話

🍓 すみません、今 何時ですか。

對不起，現在幾點呢？

👤 午後 4時です。

下午四點。

🍓 ありがとう ございます。

謝謝您。

👤 いいえ、どういたしまして。

不，不客氣。

代 換

① それは 何、紅茶　那是什麼，紅茶

② ここは どこ、病院　這裡是哪裡，醫院

句型 018

（主詞）は　（名詞）ですか。

（某人、某物、某地）是～嗎？

句型 019

（主詞）は　（名詞）でしたか。

（某人、某物、某地）之前是～嗎？

說 明

　　句型 018 是表達名詞現在或未來的疑問句；
句型 019 則是表達名詞過去的疑問句。

小叮嚀

　　日文中很少使用「？」，疑問句多以
「。」結束。

會話

あの 人は 上野 恵子 さんですか。

那個人是上野惠子嗎?

はい、そうです。

是,是的。

恵子 さんは 昔、武君の 彼女 でしたか。

惠子以前是小武的女朋友嗎?

知りません。

我不知道。

代換

① 由佳、由佳、クラスメート

由佳,由佳,同班同學

② 博美、博美、同僚

博美,博美,同事

句型 020

（主詞）は　（イ形容詞）ですか。

（某人、某物、某地）～嗎？

句型 021

（主詞）は　（イ形容詞語幹）かったですか。

（某人、某物、某地）之前～嗎？

說明

句型 020 是表達イ形容詞現在或未來的疑問句；句型 021 則是表達イ形容詞過去的疑問句。

小叮嚀

「イ形容詞語幹」一詞，請參考 01「肯定的表達」句型 003、004。「いい」（好的）這個形容詞變化方式較特殊，利用「よい」來變化，語幹是「よ」，例如「よかった」就是「之前很好」的意思。

會話

今の 彼氏は 優しい ですか。

現在的男朋友體貼嗎?

いいえ、 優しくない です。

不,不體貼。

でも、好きです。

但是,我喜歡他。

前の 彼氏は 優しかった ですか。

以前的男朋友體貼嗎?

はい、 優しかった です。

是的,很體貼。

でも、もう 別れました。

但是,已經分手了。

代換

① 面白い、面白くない、面白かった、
面白かった

有趣,不有趣,有趣,有趣

② 偉い、偉くない、偉かった、偉かった

偉大,不偉大,偉大,偉大

句型022

（主詞）は　（ナ形容詞語幹）
ですか。

（某人、某物、某地）〜嗎？

句型023

（主詞）は　（ナ形容詞語幹）
でしたか。

（某人、某物、某地）之前〜嗎？

說 明

　　句型 022 是表達ナ形容詞現在或未來的疑問
句；句型 023 則是表達ナ形容詞過去的疑問句。

小叮嚀

　　「ナ形容詞語幹」一詞，請參考 01「肯定
的表達」句型 005、006。

會話1

あの 先生(せんせい)は 有名(ゆうめい)ですか。

那位老師有名嗎？

はい、有名(ゆうめい)です。

是的，有名。

代換

① 台北(タイペイ)の ＭＲＴ(エムアールティー)、便利(べんり)、便利(べんり)

台北捷運，方便，方便

② あの レストラン、静(しず)か、静(しず)か

那間餐廳，安靜，安靜

會話2

お母(かあ)さんは 元気(げんき)でしたか。

你的媽媽身體好嗎？

はい、元気(げんき)でした。

是的，很好。

代換

① ここ、静(しず)か、静(しず)か　這裡，安靜，安靜

② 先週(せんしゅう)、暇(ひま)、暇(ひま)　上個星期，有空，有空

句型 **024**

（主詞）は （動詞ます形）ますか。

（某人）經常或將要做（某個動作）嗎？

句型 **025**

（主詞）は （動詞ます形）
ましたか。

（某人）做了（某個動作）嗎？

說 明

　　句型 024 是表達動詞現在或未來的疑問句；
句型 025 則是表達動詞過去的疑問句。

小叮嚀

　　句子若沒有出現主詞，則主詞是被詢問的
「你」。

會話1

🍓 毎朝 何時に │ 起きます │か。

毎天早上幾點起床呢？

👦 ７時半に │ 起きます │。

七點半起床。

代換

① 食べます、食べます　吃飯，吃飯

② 出かけます、出かけます　出門，出門

會話2

🍓 ゆうべ 何時に │ 寝ました │か。

昨晚幾點睡覺呢？

👦 １１時に │ 寝ました │。

十一點睡覺。

代換

① 帰りました、帰りました　回家，回家

② 休みました、休みました　休息，休息

句型026

（主詞）は　Aですか、Bですか。

（某人、某物、某地）是A，還是B呢？

說明

這是表達名詞二選一的現在式的疑問句，「、」的後面還可以插入「それとも」（還是）一詞。

小叮嚀

如果要表達過去式的疑問句，則將「ですか」改成「でしたか」。

會話

それは　ノートですか、本ですか。

那是筆記本，還是書呢？

本です。

是書。

代換

① 雑誌	雑誌	
② 手帳	記事本	

句型 027

（主詞）は （名詞）では
ありませんか。

（某人、某物、某地）不是～嗎？

說 明

　　說話者有個人的想法或判斷，卻以否定的
方式來詢問。

小叮嚀

　　如果要表達過去式的疑問句，要將「では
ありませんか」改成「では　ありませんでし
たか」（過去不是～嗎）。

會話

この かばん は 5000円

じゃ ありませんか。

這個皮包不是五千日圓嗎？

いいえ、違います。 5500円 です。

不，不是。是五千五百日圓。

代換

① 靴、４３００円、４４００円

鞋子，四千三百日圓，四千四百日圓

② 傘、1000円、1200円

傘，一千日圓，一千二百日圓

（疑問詞）が （名詞 / イ形容詞 /
ナ形容詞語幹）ですか。

（誰 / 哪裡 / 什麼時候 / 哪個東西）
是～呢？

說 明

疑問詞當主詞時，後面一定接「が」，
不可以接「は」。它的回答則是「（主詞）
が～」。

小叮嚀

之前學的句型 001 ～ 027 都是「（主詞）
は～」的句子，強調「は」後面的敘述；然
而，句型 028 的答句「（主詞）が～」，則強調
主詞。

會 話

どれが　先生の　帽子（ぼうし）ですか。

哪一個是老師的帽子呢？

あれが　先生の　帽子（ぼうし）です。

那個是老師的帽子。

代 換

① めがね、めがね　　眼鏡，眼鏡

② かぎ、かぎ　　鑰匙，鑰匙

04 邀約、提出的表達

句型 029

（動詞ます形）ませんか。

不做（某事）嗎？

句型 030

（動詞ます形）ましょうか。

做（某事）吧？

說 明

句型 029 是說話者在不知道對方是否願意的情形下，邀請對方一起做某件事，動詞前面常接「いっしょに」（一起）；句型 030 則是說話者知道對方也希望如此，提出一起做某件事的想法。

小叮嚀

句型 029 比句型 030 更考慮到對方的情緒。

會話

いっしょに 高雄へ 行きませんか 。

要不要一起去高雄呢？

いいですね。

好啊！

来週 行きましょうか 。

下星期去吧？

ええ、そう しましょう。

好，就這麼做吧！

代換

① ご飯を 食べませんか、食べましょうか

要不要吃飯呢，吃飯吧

② 映画を 見ませんか、見ましょうか

要不要看電影呢，看吧

（動詞ます形）ましょう。
（我們）做（某件事）吧！

說 明

　　說話者積極邀請或要求對方做某件事，句子的主語「我們」被省略了。

小叮嚀

　　也可以用來回答句型 029 、 030 的問句。

會 話

🍓 また　来週、 会いましょう 。

下個星期，我們再見面吧！

😊 ええ。じゃ、お休みなさい。

好的，那麼，晚安！

🍓 お休みなさい。

晚安！

代 換

① 行きましょう　去吧
② 遊びましょう　玩吧

句型 032

（名詞）は　どうですか。
（某事物、某時間點）如何呢？

說 明

說話者邀請對方做某件事，或建議對方某個事物。

小叮嚀

「どうですか」更委婉的說法是「いかがですか」。

會 話

 コーヒー は　どうですか。
要不要來杯咖啡呢？

 はい、お願いします。
好的，麻煩妳。

代 換

① ビール　啤酒

② ワイン　葡萄酒

句型 033

（名詞1）の （名詞2）
～的（人、事、時、地、物）

說 明

二個名詞用助詞「の」連接，表示所屬關係或物品的內容、性質。

小叮嚀

「の」在這裡翻譯成中文是「的」，不過，不是中文裡的「的」都用日文的「の」來表達喔！例如「漂亮的花」日文說成「きれいな 花」。

會話

あれは わたしの バッグです。

那是我的包包。

ブランド物の バッグですよ。

是名牌的包包喔！

どこの ブランドですか。

是哪裡的名牌呢？

イタリア の ブランドです。

是義大利的名牌。

代換

① 日本　日本

② フランス　法國

（イ形容詞語幹）い （名詞）

～的（人、事、時、地、物）

（ナ形容詞語幹）な （名詞）

～的（人、事、時、地、物）

說 明

　　日文裡的イ形容詞和ナ形容詞，都可以放在名詞的前面，來修飾名詞。它們各自利用語幹接「い」和「な」，再接名詞。

小叮嚀

　　很多人受到中文影響，會在イ形容詞的「い」後面接「の」，再接名詞，是錯誤的喔！例如，「很大的西瓜」應該是「大きいすいか」，而不是「大きいの　すいか」。

會話

木村先生は　どんな　先生ですか。

木村老師是怎樣的老師呢？

いい　先生です。

是好老師。

そして、　ハンサムな　先生です。

而且，是英俊的老師。

代換

① 優しい、元気な　和藹的，有活力的
② 厳しい、有名な　嚴厲的，有名的

（動詞辭書形／ない形+ない）
（名詞）
（經常進行某個動作／並非經常進行某個動作）的（人、事、時、地、物）

說 明

　　表達被修飾的名詞，有沒有進行某個習慣性動作，或者有沒有具備這樣的性質。

小叮嚀

　　動詞修飾名詞的情況，依動詞的時態來分，有句型 036 ～ 038 三種喔。

會話

河野さんは どんな 人ですか。

河野小姐是什麼樣的人呢？

河野さんですか。

河野小姐嗎？

彼女は よく にこにこ 笑う 人ですよ。

她是常常笑嘻嘻的人喔。

代換

① あまり しゃべらない　不太說話

② いつも 遅刻する　總是遲到

（動詞た形）た（名詞）
（已經進行過某個動作）的（人、事、時、地、物）

說 明

　　表達被修飾的名詞發生過或進行過某個動作。

小叮嚀

　　修飾句中的主語，必須用「が」來提示。

會話

 これは

わたしが　きのう　デパートで　買_かった

ハンカチです。

這是我昨天在百貨公司買的手帕。

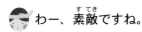 わー、素敵_{すてき}ですね。

哇〜，好漂亮喔！

代換

① わたしが　母_{はは}から　もらった

我從媽媽那裡收到

② 彼氏_{かれし}が　くれた

男朋友給我

（動詞て形）て　いる（名詞）
（正在進行某個動作或動作狀態持續）
的（人、事、時、地、物）

說　明

　　表達被修飾的名詞，正在發生某個動作，或是動作已經發生而狀態還持續著。

小叮嚀

　　利用動詞て形來表示動作已經發生而狀態還持續著的動詞，主要有「住みます」（住）、「結婚します」（結婚）、「持ちます」（擁有），以及與身上穿戴衣服或飾品等相關的動詞。

會話1

あそこで 掃除を して いる 人は 誰ですか。

正在那裡打掃的人是誰呢？

1組の 陳さんです。

是一班的陳同學。

代換

① 歌を 歌って いる、林　正在唱歌，林
② 新聞を 読んで いる、呉　正在看報，吳

會話2

鈴木さんは 誰ですか。

鈴木先生是誰呢？

あの 帽子を かぶって いる 人です。

是那個戴著帽子的人。

代換

① ネクタイを して いる　打著領帶

② めがねを かけて いる　戴著眼鏡

（イ形容詞語幹）く （動詞）。

～的做（某個動作）。

（ナ形容詞語幹）に （動詞）。

～的做（某個動作）。

說 明

　　イ形容詞和ナ形容詞可以修飾動詞，描述如何的做某個動作。句型 039 是イ形容詞修飾動詞的變化方式；句型 040 是ナ形容詞修飾動詞的變化方式。

小叮嚀

　　部分日語學習書或辭典上寫的「形容動詞」，指的就是「ナ形容詞」。

會話

きのう 江さんに 会いました。

昨天遇到了江小姐。

とても きれい に なりましたよ。

她變非常漂亮了喔。

そうですか。羨ましいです。

那樣喔。好羨慕。

あなたも 可愛く なりましたよ。

妳也變可愛了啊！

ほんとうですか。うれしいです。

真的嗎？好開心。

代換

① スマート、細く　　苗條，瘦

② きれい、若く　　漂亮，年輕

句型 041

（名詞）を （動詞）。

做（某個動作）。

說 明

　　日文裡動作的描述方式，和中文的順序不同，是動詞在名詞的後面，中間用「を」或其它助詞來連接。助詞「を」表示動作作用的目標或對象。

小叮嚀

　　有時候因動詞的性質或使用方式的關係，不使用「を」，而使用「へ」、「に」等助詞來連接名詞和動詞，其用法請參考句型 042 、043 。

會 話

ただいま。

我回來了！

お<ruby>帰<rt>かえ</rt></ruby>りなさい。

你回來了。

<ruby>今晩<rt>こんばん</rt></ruby> <ruby>何<rt>なに</rt></ruby>を　しますか。

今天晚上要做什麼呢？

<ruby>映画<rt>えいが</rt></ruby>を　<ruby>見<rt>み</rt></ruby>ます。

要看電影。

代 換

① <ruby>宿題<rt>しゅくだい</rt></ruby>、します　作業，做
② <ruby>日本語<rt>にほんご</rt></ruby>の　<ruby>勉強<rt>べんきょう</rt></ruby>、します　學習日文，做

（場所）へ　行きます / 来ます /
帰ります。

去 / 來 / 回（某個地方）。

說 明

「行きます」和其他二個動詞是移動性動
詞。助詞「へ」前面接某個場所，表達移動的
方向。

小叮嚀

「へ」當助詞使用時，唸成「え」（e）。
在這個句型裡，「へ」可以被助詞「に」取代，
「に」表達到達點。

會話

どこへ 行きますか
要去哪裡呢？

学校へ 行きます。
要去學校。

いって らっしゃい。
請慢走。

いって きます。
我走了。

代換
① 公園　公園
② 郵便局　郵局

（人）に　会<ruby>会<rt>あ</rt></ruby>います。

遇見（某人）。

（人）に　電話<ruby>電話<rt>でんわ</rt></ruby>を　かけます。

打電話給（某人）。

（人）に　（物）を　あげます /
もらいます。

給 / 收到（某人）（某物）。

說 明

　　當「某個人」後面接續助詞「に」，然後後面又有「会<ruby>会<rt>あ</rt></ruby>います」等具有向心或離心性質的動詞時，則表示「某個人」是動作作用的對象。

小叮嚀

　　「に」與「もらいます」等向心動詞搭配時，多數情況可以代換為「から」。如果對象不是人，而是學校或某機構時，一般使用「か

ら」。例如「わたしは 学校_{がっこう}から 本_{ほん}を 借_かりました」（我從學校借了書）。

會話

今晩_{こんばん} 誰_{だれ}に 会_あいますか。

今天晚上要和誰見面呢？

友達_{ともだち}の 王_{おう}さんに 会_あいます。

要和朋友王小姐見面。

代換

① 電話_{でんわ}を かけます、同僚_{どうりょう}の 郭_{かく}さん、
電話_{でんわ}を かけます

打電話，同事郭小姐，打電話

② メールを 送_{おく}ります、同級生_{どうきゅうせい}の 李_りさん、
メールを 送_{おく}ります

寄電子郵件，同學李小姐，寄電子郵件

（物）に します。

決定要（某物）。

說 明

　　動詞「します」的用法很多，其中一個是表示決定。要吃或喝某個東西，可以在「します」前面接「に」來表示決定。

小叮嚀

　　點餐時除了使用這個句型外，也可以使用 18 「請求的表達」句型 124 。

會 話

🍓 いらっしゃいませ。

　　歡迎光臨。

何_{なん}に しますか。

　　要點什麼呢？

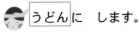 します。

要點烏龍麵。

いくらですか。

多少錢呢？

３００円です。

三百日圓。

じゃ、  ください。

那麼，請給我二份。

句型 045

（場所）で　（動詞）。

在（某個地方）做（某個動作）。

句型 046

（交通工具 / 物）で　（動詞）。

搭乘或使用（某交通工具 / 某物品）
做（某個動作）。

說 明

　　句型 045 、 046 是助詞「で」的二個主要
用法：一是表示動作發生的地點；二是表示方
法、手段。

小叮嚀

　　有些場所後面會接續「に」再接續動詞
（例如：学校に　行きます / 学校に　いま
す；去學校 / 在學校），這時候的「に」是表示
到達點或存在的位置，和句型 045 易混淆，請小
心。

會話

来週<ruby>来週<rt>らいしゅう</rt></ruby> <ruby>何<rt>なん</rt></ruby>で <ruby>新竹<rt>しんちく</rt></ruby>へ <ruby>行<rt>い</rt></ruby>きますか。

下週要怎麼去新竹呢？

<ruby>車<rt>くるま</rt></ruby>で <ruby>行<rt>い</rt></ruby>きます。

開車去。

<ruby>新竹<rt>しんちく</rt></ruby>で <ruby>何<rt>なに</rt></ruby>を しますか。

在新竹做什麼呢？

コンピューターの <ruby>工場<rt>こうじょう</rt></ruby>を <ruby>見学<rt>けんがく</rt></ruby>します。

參觀電腦工廠。

代 換

① <ruby>彰化<rt>しょうか</rt></ruby>、バス、<ruby>彰化<rt>しょうか</rt></ruby>、<ruby>自動車<rt>じどうしゃ</rt></ruby>

彰化，公車，彰化，汽車

② <ruby>桃園<rt>とうえん</rt></ruby>、<ruby>電車<rt>でんしゃ</rt></ruby>、<ruby>桃園<rt>とうえん</rt></ruby>、<ruby>化粧品<rt>けしょうひん</rt></ruby>

桃園，電車，桃園，化妝品

句型047

（動詞1て形）て　（動詞2）。

做（某個動作）後做（另一個動作）。

句型048

（動詞1ない形）ないで　（動詞2）。

不做（某個動作）而做（另一個動作）。

說明

　　句型 047 表示二個動作依序進行；句型 048 表示在某個狀態下發生的動作。

小叮嚀

　　二個以上的動作順序，可以利用句型 047 來連接。例如「わたしは　けさ　歯を　磨いて、顔を　洗って、出かけました」（我今天早上刷牙、洗臉後出門）。

會話

 家へ　帰って　勉強しますか。

回家後唸書嗎？

 はい、少し　勉強します。あなたは。

是的，唸一點書。你呢？

わたしは　勉強しないで

テレビを　見ます。

我都不唸書，看電視。

代換

① シャワーを　浴びて、音楽を　聞きます

沖澡，聽音樂

② お風呂に　入って、寝ます

泡澡，睡覺

句型 049

（場所）に　（人、動物）が　います。

在（某個地方）有（某人或某種動物）。

句型 050

（場所）に　（植物、事物）が
あります。

在（某個地方）有
（某種植物或某個物品）。

說明

　　助詞「に」表示存在的場所；動詞「います」和「あります」，都是中文裡的「有」。

小叮嚀

　　這二個句型最大的不同是，「います」用在人和動物，「あります」則用在植物和物品上。

會話

教室に 学生が いますか。

教室裡有學生嗎？

いいえ、誰も いません。

不，沒有任何人。

じゃ、何が ありますか。

那麼，有什麼東西呢？

机が あります。

有書桌。

代換

① 食堂、いす 餐廳，椅子

② 寮の ロビー、ソファー 宿舍的大廳，沙發

（人、動物）は（場所）に いCalculatedColumnます。

（某人或某種動物）在（某個地方）。

（植物、事物）は （場所）に あります。

（某種植物或某個物品）在
（某個地方）。

說 明

　　句型 051 敘述人或動物位於某個位置；句型 052 則敘述植物或物品的存在位置。助詞「は」提示出主語。

小叮嚀

　　這二個句子和句型 049 、 050 意思相近，但句型結構不同。

會話1

山口先生(やまぐちせんせい)は どこに いますか。

山口老師在哪裡呢?

山口先生(やまぐちせんせい)ですか。

山口老師嗎?

先生(せんせい)は 教室(きょうしつ)に いますよ。

老師在教室裡喔。

代 換

① 劉課長(りゅうかちょう)、劉課長(りゅうかちょう)、課長(かちょう)、地下(ちか)1階(いっかい)

劉課長,劉課長,課長,地下一樓

② 曾先生(そせんせい)、曾先生(そせんせい)、先生(せんせい)、事務所(じむしょ)

曾老師,曾老師,老師,辦公室

會話2

すみません、 靴売り場 は どこに
あります か。

請問，鞋子的賣場在哪裡呢？

2階 に あります。

在二樓。

代換

① トイレ、あそこ

洗手間，那裡

② 台北駅、三越デパートの 前

台北車站，三越百貨公司的前面

08 願望或希望的表達

句型 053

わたしは （名詞）が ほしいです。

我想要（某件事物）。

句型 054

Aさんは （名詞）を ほしがって います。

第三者想要（某件事物）。

說明

　　二個句型的名詞，後面分別接續「が」和「を」，提示出我或是他（她）想要的東西。「が」是表示想要某個東西的助詞。

小叮嚀

　　「ほしいです」是イ形容詞，時態變化方式和イ形容詞一樣。

會話

今 何が 1番 ほしいですか。

現在最想要什麼東西呢？

そうですね。わたしは 今 車 が
1番 ほしいです。

嗯～。我現在最想要車子。

でも、家内は お金 を ほしがって
います。

不過，我太太想要錢。

代換

① 家、子ども　房子，孩子

② 娘、息子　女兒，兒子

句型 055

わたしは （名詞）を
（動詞ます形）たいです。

我想做（某件事）。

句型 056

Aさんは （名詞）を
（動詞ます形）たがって います。

第三者想做（某件事）。

說 明

　　句型 055 陳述第一人稱想做的事；句型 056
則陳述第三人稱想做的事。如果要表達強烈的
願望，句型 055 可以將「を」改為「が」，但句
型 056 不可。

小叮嚀

　　「—・たいです」的時態變化方式，和イ
形容詞一樣。此外，隨著動詞的不同，前面的
助詞「を」有時會是「へ」、「に」等。

會 話

👲 スカート を 買_かいたいですか。

想買裙子嗎？

🍓 ええ、わたしは ミニスカート を
買_かいたいです。

是的，我想買迷你裙。

でも、妹_{いもうと}は ロングスカート を
買_かいたがって います。

不過，我的妹妹想買長裙。

👲 これは 1番_{いちばん} 新_{あたら}しい カタログです。

這是最新的目錄。

🍓 どうも ありがとう。

謝謝！

代 換

① かばん、ハンドバッグ、ボストンバッグ

　　包包，手提包，波士頓包

② 上着_{うわぎ}、ジャケット、ジージャン

　　上衣，夾克，牛仔外套

句型 057

Aさんは （動詞ます形）
たがります。

第三者想做（某件事）。

Aさんは （イ形容詞語幹 /
ナ形容詞語幹）がります。

第三者覺得～。

說 明

表示第三者的要求、希望、感情等，為個人的習性或是一般的傾向。

小叮嚀

和句型 054 、 056 一樣，不能用在長輩或上司身上。

會話1

家(うち)の 猫(ねこ)は わたしと いっしょに

寝(ね)たがります 。

我家的貓想跟我一起睡覺。

可愛いですね。

好可愛喲。

代換

① 食べたがります　想吃

② お風呂に　入りたがります　想泡澡

會話2

日本の　生活に　もう　慣れましたか。

已經習慣日本的生活了嗎？

はい、わたしは　もう　慣れました。

是的，我已經習慣了。

妻は　まだ　東京の　ラッシュを

嫌がります。

我太太還是覺得東京的交通尖峰時刻很討厭。

代換

① 不思議がります　覺得不可思議

② 怖がります　覺得害怕

句型 058

わたしは　（動詞て形）て
ほしいです／もらいたいです。

我希望對方做（某件事）。

句型 059

わたしは　（動詞ない形）ないで
ほしいです／もらいたいです。

我希望對方不做（某件事）。

說 明

　　「—・て　ほしいです」前面所接的動詞，
是說話者本身希望或要求對方做或是不要做的
動作。

小叮嚀

　　「もらいます」是個授受動詞，其用法請參
考 27 「接受、給予的表達」句型 168 。

きょうは　母_{はは}の日_ひです。

今天是母親節。

お母_{かあ}さん、わたしたちに　何_{なに}を　して
ほしいですか。

媽媽，您希望我們為您做什麼呢？

料理_{りょう り}を　して　ほしいです。

希望你們做菜。

でも、 揚_あげ物_{もの}は　作_{つく}らないで
ほしいです。

不過，不希望你們做油炸食物。

① 洗_{せん}たくを　して、お皿_{さら}は　洗_{あら}わないで

洗衣服，不洗碗

② 庭掃除_{にわそう じ}を　して、ごみは　捨_すてないで

打掃庭院，不倒垃圾

09 比較的表達

句型060

Aは　Bより　（イ形容詞 /
ナ形容詞語幹）です。

A比B～。

說　明

　　「より」提示比較的基準，也就是中文裡「和～相比」的意思。

小叮嚀

　　形容詞前面可以加副詞「ずっと」，意思是「～得多」。

會　話

田中さんは　小林さんより
| 背が　高い |ですか。

いいえ、田中さんは　小林さんより
| 背が　低い |です。

不，田中小姐比小林小姐個子矮。

① 髪が　長い、髪が　短い

頭髮長，頭髮短

② 歌が　上手、歌が　下手

歌唱得好，歌唱得不好

句型061

AとBと どちらが（イ形容詞 /
ナ形容詞語幹）ですか。

A和B相比，哪一個比較～呢？

句型062

A（B）の ほうが （イ形容詞 /
ナ形容詞語幹）です。

A（或B）比較～。

説 明

　　句型 061 是將二樣性質相近的事物進行比較時的問句，句型 062 是它的答句。疑問詞「どちら」表示哪一方，後面一定接續助詞「が」，回答時也一定用「が」。

小叮嚀

　　如果二者不分高低，則用「どちらも～」來回答，意思是「二者都～」。

會 話

仕事と 家族と どちらが
大切ですか。

工作和家人哪一個重要呢？

家族の ほうが 大切です。

家人比較重要。

あなたは どう 思いますか。

你怎麼認為呢？

どちらも 大切だと 思います。

我認為二者都重要。

代 換

① 健康、健康　健康，健康

② 子ども、子ども　小孩，小孩

句型063

Aは Bほど （イ形容詞否定形 / ナ形容詞否定形 / 動詞否定形）。

A不像B那麼～。

說 明

助詞「ほど」表示程度之高，提示出被比較的名詞。

小叮嚀

通常用在程度相差不多的二個事物上。

會 話

きょうも 変^{へん}な 天気^{てんき}ですね。

今天也是個奇怪的天氣呢。

でも、きょうは きのうほど 寒^{さむ}くない です。

但是，今天不像昨天那麼冷。

代 換

① 暑^{あつ}くない　不熱
② 風^{かぜ}が 強^{つよ}くない　風不強

句型 064

Aの 中で Bが 1番
（イ形容詞 / ナ形容詞語幹）です。

在A當中，B最～。

說 明

表示程度最高的事物時使用，助詞「で」
提示比較的範圍。

小叮嚀

因為這個句型相對的問句是「（疑問詞）が
1番～ですか」，所以回答時一定用「が」提示
主語。

會 話

果物の 中で 何が 1番
好き ですか。

水果當中最喜歡什麼呢？

なし が 1番 好き です。

最喜歡梨子。

代 換

① 嫌い、みかん、嫌い

討厭，橘子，討厭

② 苦手、ぶどう、苦手

不能接受，葡萄，不能接受

句型065

（主詞）は （とても / もっと / ずっと） （イ形容詞肯定形 / ナ形容詞肯定形）。

（某人、某物、某地）是（非常～ / 更為～ / ～得多）。

說 明

「とても」（非常～）、「もっと」（更為～）、「ずっと」（～得多）是程度副詞，放在イ形容詞或ナ形容詞的前面，用來修飾形容詞。這裡的副詞，都是接續イ形容詞或ナ形容詞的肯定形。

小叮嚀

「もっと」也可以用來修飾動詞喔！

會 話

寒いですね。

好冷呀！

東京は　ここより　ずっと

寒いですよ。

東京比這裡還冷得多喔！

代 換

① 仙台、もっと　仙台，更為～

② 札幌、ずっと　札幌，～得多

（主詞）は　（そんなに / あまり /

全然）（イ形容詞否定形 /

ナ形容詞否定形 / 動詞否定形）。

（某人、某物、某地）（沒那麼 /

不太 / 完全不）～。

說 明

　　「そんなに」（那麼的～）、「あまり」
（不太～）、「全然」（完全～）是程度副
詞，放在イ形容詞或ナ形容詞的前面，用來修
飾形容詞。這裡的副詞，後面都須接續イ形容
詞或ナ形容詞的否定形。

小叮嚀

　　「あまり」和「全然」也可以用來修飾動
詞喔！

會 話

大学の 生活は どうですか。

大學的生活如何呢？

あまり 楽しくない です。

不太愉快。

毎週 試験が ありますから。

因為每個星期有考試。

それは 大変ですね。

那很辛苦呢。

代 換

① 高校、そんなに、面白くない

高中，那麼的，不有趣

② 大学院、全然、楽しくない

研究所，完全，不愉快

（量詞）も （動詞）。

做（某個動作）到（某個數量）。

說 明

　　表達事情發生程度之厲害，或是做了超乎平常的事，用「も」來加強語氣。

小叮嚀

　　「も」除了表達程度高低，也可以用在否定句，表示全面否定，例如「けさ　何_{なに}も食_たべませんでした」（今天早上什麼也沒吃）。

ここの | ケーキ | は 超^{ちょう}おいしいです。

這裡的蛋糕超好吃的！

だから | 8つ^{やっ} | も 買^かいました。どうぞ。

所以買了八個之多。請吃吃看。

ありがとう ございます。

謝謝。

代 換

① サンドイッチ、6つ^{むっ}　三明治，六個

② パン、4つ^{よっ}　麵包，四個

（動詞ます形 / イ形容詞語幹 / ナ形容詞語幹）すぎます。

過於～。

説明

　　表示超出一般可以接受的限度。多用在負面的情況。

小叮嚀

　　イ形容詞「ない」（沒有）接續「すぎます」時，要變為「なさすぎます」（太沒有～），是例外。

會話

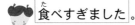

食_たべすぎました。

吃太多了。

だから おなか が 痛_{いた}いです。

所以肚子痛。

大丈夫_{だいじょうぶ}ですか。

沒事嗎？

ええ。

是的。

代換

① 飲_のみすぎました、頭_{あたま}　喝太多了，頭

② 歩_{ある}きすぎました、足_{あし}　路走得太多了，腳

（名詞1）は （イ形容詞肯定形 /
ナ形容詞肯定形 / 動詞肯定形）が、
（名詞2）は （イ形容詞否定形 /
ナ形容詞否定形 / 動詞否定形）。

（某人、某物、某地）是～，但是
（某人、某物、某地）卻不是～。

說 明

表示「這個是～；那個則是～」。「は」
在這裡各自提示對比的二個人或事物；「が」
則是逆接的用法，意思是「但是、然而」。

小叮嚀

「は」的前面也可以放助詞「へ」、
「に」、「で」等。

會 話

初(はじ)めてですか。

第一次來嗎？

いいえ。2度目(に ど め)です。

不。第二次。

でも 昔(むかし)は きれい でしたが、

今(いま)は きれい じゃ ありませんね。

不過以前很乾淨，現在卻不乾淨耶。

代 換

① 便利(べんり)、便利(べんり)　方便，方便

② にぎやか、にぎやか　熱鬧，熱鬧

句型 070

（名詞）で （イ形容詞 / ナ形容詞 / 動詞）。

由於（某事物）而～。

說 明

因為某個因素而造成的結果。該因素通常為天災或人禍。

小叮嚀

「で」後面的敘述句，以「が」來提示主語。

會 話

地震で 家が 倒れましたか。

房子由於地震倒了嗎？

いいえ、倒れませんでした。

不，沒有倒。

それは よかったですね。

那太好了。

でも、すごく 怖かったです。

但是，非常可怕。

代 換

① 火事、焼けました、焼けませんでした

火災，燒起來了，沒燒起來

② 台風、壊れました、壊れませんでした

颱風，毀壞了，沒毀壞

（イ形容詞語幹）くて　（イ形容詞 / ナ形容詞 / 動詞）。

因為～而～。

（ナ形容詞語幹）で　（イ形容詞 / ナ形容詞 / 動詞）。

因為～而～。

說明

　　這二個句型，都表達因為某個因素造成無法做到某件事，或造成身心狀態如何了。

小叮嚀

　　後面的句子通常出現「大変_{たいへん}です」（真糟糕）、「困_{こま}ります」（很困擾）等。

會話

映画を 見に 行きませんか。

要不要去看電影呢？

すみませんが、 都合が 悪くて、
行けません。

對不起，因為不方便，無法去。

また 今度 お願いします。

下次請再約我。

代換

① 忙しくて　忙碌

② スケジュールが　いっぱいで　行程滿滿的

（動詞て形）て （イ形容詞 /
ナ形容詞 / 動詞）。

因為（進行了某動作）而～。

（動詞ない形）なくて、
（イ形容詞 / ナ形容詞 / 動詞）。

因為沒有（進行某動作）而～。

說 明

　　句型 073 表達由於進行或發生了某個動作，
而造成某個結果；句型 074 則是因為沒有進行或
發生某個動作，而造成某個結果。

小叮嚀

　　動詞ない形接續否定之後有「―・なく
て」和「―・ないで」，它們分別構成了句型
074 和句型 048，但是用法不同喔！

會話

彼から　メールが　来て、

うれしいです。

因為他的電子郵件來了，很開心。

よかったですね。

真好呢。

どうしましたか。元気が　ないですね。

怎麼了？沒有精神喔。

わたしは　彼女から　電話が　来なくて、

寂しいです。

因為她沒打電話來，我很寂寞。

代換

① 電話が　来て、連絡が　なくて

打電話來了，沒有聯絡

② 絵葉書が　届いて、手紙が　来なくて

風景明信片送到了，信沒寄來

句型075

（句子1）から、（句子2）。

因為～，所以～。

句型076

（常體句子1）ので、（句子2）。

因為～，所以～。

說 明

　　「から」和「ので」的前面，都連接表達原因或理由的句子，但是「から」著重原因，「ので」則著重結果。此外，「ので」比「から」更正式、更委婉。

小叮嚀

　　如果前面接的句子是ナ形容詞，則分別必須用「～だから」、「～なので」接續下面的句子。

會話1

🍎 熱が あります から、休みます。

因為發燒，所以休息。

👦 おだいじに。

請多保重。

代換
① 風邪を ひきました　感冒了
② 頭が 痛いです　頭痛

會話2

🍎 わたしは 日本語に 興味が ある ので、
毎日 まじめに 勉強して います。

因為我對日文感興趣，所以每天認真的學習。

👦 頑張って ください。

請加油！

代換
① 日本へ 留学に 行く　去日本留學
② 日本の ドラマが 好きな　喜歡日劇

（常體句子1）のは、
（常體句子2）から / ためです。

之所以～，是因為～。

說 明

敘述因果關係時，「のは」前面接結果，
「から」和「ため」前面接原因。

小叮嚀

在這個句型裡，「ので」不可以取代「か
ら」，也就是沒有「～のでです」的說法。

會 話

どうして 一生懸命 勉強しますか。

為什麼認真讀書呢？

一生懸命 勉強するのは

いい 大学に 入るためです。

認真讀書是為了進好大學。

代 換

① 大会社に 入る　進大公司
② 日本に 留学する　去日本留學

（名詞）の　ため（に）/ （常體句子）ために、～。

由於（某因素）/由於（某件事）而～。

說 明

　　大部分用在說明自然現象或社會現象，是媒體們常用的句子，以書寫上的表達為多。

小叮嚀

　　「ために」另外一個用法是表示目的，請參考 **22**「目的的表達」句型 **144**。

會 話

　　大雪の　ため、電車が　遅れて　います。
　　由於下大雪，所以電車延遲了。

　　困りましたね。
　　傷腦筋啊。

代 換

① **事故**　車禍

② **地震**　地震

（常體句子1）し、（常體句子2）
から〜。

因為〜和〜，所以〜。

說　明

　　用來表示一種以上的理由，該句型表達了
原因、理由的列舉。有時候雖然只出現了一個
「し」，卻隱含還有其他原因。

小叮嚀

　　成為原因的名詞，如果原本以「が」來
表示，在這個句型裡會改成「も」來表示
「也〜」。

よく　この　スーパーで
買い物<small>かもの</small>しますか。

常來這間超市買東西嗎？

ええ。

是的。

ここは　家<small>うち</small>から　近<small>ちか</small>い　し、

値段<small>ねだん</small>も　安<small>やす</small>いから、よく　来<small>き</small>ます。

因為這裡離我家近，價格也便宜，所以常來。

代 換

① 品物<small>しなもの</small>も　多<small>おお</small>い、新鮮<small>しんせん</small>だ

品項也多，新鮮

② 割引<small>わりびき</small>も　ある、肉<small>にく</small>も　おいしい

也有折扣，肉類也好吃

⑫ 逆接的表達

句型080

> （句子1）が、（句子2）。
> 雖然～，但是～。

說 明

「が」前後的二個句子，是對立或意思相反的句子。

小叮嚀

口語上可以用「けど」（但～）、「けれど」（但是～）、「けれども」（但是～）來取代「が」。

會 話

 留学生活は どうですか。

留學生活如何呢？

 面白いですが、大変です。

雖然有趣，但是很辛苦。

① 日本の　旅館、きれい、高い

日本的旅館，乾淨，貴

② 中国語の　先生、厳しい、まじめ

中文老師，嚴厲，認真

（常體句子1）のに、（句子2）。

雖然～，但是～。

說 明

「のに」前面接某個情況，後面則是接說話者的不滿或遺憾等負面情緒。

小叮嚀

有時候「のに」後面不接句子，但是對方可以感受到說話者的心情。名詞和ナ形容詞接續「のに」時，要去「だ」加「な」。

會 話

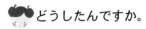 どうしたんですか。

怎麼了？

元気が ないですね。

沒有精神呢。

ケーキを　焼いた　のに、
誰も　食べません。

烤了蛋糕，卻沒有人吃。

（名詞+で / イ形容詞語幹+くて /
ナ形容詞語幹+で / 動詞て形+て）
も、（動詞）。

即使～，也～。

說 明

　　表示逆接的假定句。用於某個情況發生後，仍然會進行某個動作。句子的最前面常出現「たとえ」（即使～）和「いくら」（怎麼～）。

小叮嚀

　　前面假定句的主語，必須用助詞「が」來表示。

會 話

来週の テニスの 試合は 雨でも 行われますか。

下個星期的網球比賽，即使下雨也舉行嗎？

はい、雨が 降っても、行われます。

是的，即使下雨也舉行。

そうですか。

這樣子啊！

代 換

① りんご狩り、天気が 悪くても、
天気が 悪くても

摘蘋果，即使天氣惡劣，即使天氣惡劣

② スキー旅行、雪でも、雪が 降っても

滑雪旅行，即使下雪，即使下雪

句型 **083**

（名詞1）と （名詞2）

（某人、某物、某地）和
（某人、某物、某地）

句型 **084**

（名詞1）や （名詞2）など

（某人、某物、某地）或
（某人、某物、某地）等等

說 明

　　句型 083 是將所有名詞全部列舉出來；句型 084 則是挑選二、三個名詞，部分列舉出來而已。

小叮嚀

　　句型 084 的「など」可以省略。

會話

🍓 庭に 何が いますか。

庭院裡有什麼呢？

👲 犬が 1匹 と 猫が 2匹 います。

有一隻狗和二隻貓。

🍓 そこに 何が ありますか。

那裡有什麼呢？

👲 花や ベンチ などが あります。

有花或是長椅子等。

代 換

① 5匹、木　五隻，樹

② 3匹、テーブル　三隻，桌子

句型 085

（動詞1た形）たり、（動詞2た形）たりします／しました。

經常或將要做（動作1）或（動作2）／做過（動作1）或（動作2）。

說 明

　　表示在二個以上的動作中，挑選二個來敘述。有時候只出現一個「（動詞た形）たりします」，同樣表達列舉出其中一個動作。

小叮嚀

　　每天固定的一些瑣碎動作，不用這個句型來表達。

會話

日曜日に　何を　しますか。

星期天要做什麼呢？

映画を　見たり 、 寝たり します。

看電影或是睡覺。

代換

① 料理を　したり、ギターを　弾いたり

做菜，彈吉他

② 山に　登ったり、ドイツ語を　習ったり

爬山，學德語

（名詞1）も　（名詞2）も

（某人、某物、某地）和
（某人、某物、某地）也

說　明

　　陳述相同性質的二個名詞時，二個名詞後面都加「も」。

小叮嚀

　　和句型 083 意思相同。

會　話

今晩　家へ　来ますか。

今天晚上要來我家嗎？

はい。

會。

 父 も　母 も　行きますよ。

我爸媽也會去喔！

じゃ、待って います。

那麼，我等你們。

① 兄、妹　我哥哥，我妹妹
② 楊さん、頼さん　楊小姐，頼小姐

句型087

（イ形容詞語幹）くて、
（イ形容詞 / ナ形容詞）。

既～又～。

句型088

（ナ形容詞語幹）で、
（イ形容詞 / ナ形容詞）。

既～又～。

說 明

　　陳述二個形容詞時，イ形容詞用語幹加「くて」，ナ形容詞用語幹加「で」來連接。

小叮嚀

　　陳述二個名詞時，則是用「（名詞1）で、（名詞2）です」來表示。例如「わたしは15歳（じゅうごさい）で、学生（がくせい）です」（我十五歲，是學生）。

會 話

高さんは　どんな　人ですか。

高小姐是怎樣的人呢？

きれいで、やさしい　人です。

是既漂亮又溫柔的人。

代 換

① 元気で　有朝氣
② 若くて　年輕

（句子1）。それに、（句子2）。

〜。而且，〜。

說 明

「それに」（而且）連接二個句子，是一個讓相同性質的事件累加的接續詞。

小叮嚀

很多人會把「それに」和「それで」搞混。「それで」是「因此、所以」的意思喔！

會 話

この 服（ふく）は デザインが いいです。

這件衣服的設計很棒。

それに、安（やす）いです。

而且，便宜。

そうですね。とても 素敵（すてき）です。

是啊。非常漂亮。

① お皿、割引が　あります

盤子，有折扣

② コート、高くないです

大衣，不貴

句型 090

（動詞1辭書形）とき、（動詞2）。

進行（動作1）的時候，（動作2）
發生了。

句型 091

（動詞1た形）たとき、（動詞2）。

進行（動作1）之後，那時（動作2）
發生。

說 明

　　「とき」的中文意思是「～的時候」，前
面接動詞的「辭書形」，表示這個動作還沒有
完成；前面如果接動詞的「た形」，則表示這
個動作已經完成。

小叮嚀

　　動詞2的時態，和動詞1的形式是「辭書
形」還是「た形」並沒有關係。

會話1

学校 へ 来る とき、田中さんに
会いました。

來學校的時候，遇到了田中先生。

そうですか。

是嗎？

代換
① 家、帰る　家，回去
② 会社、戻る　公司，返回

會話2

田中先生に　会いましたか。

遇到田中老師了嗎？

はい。 学校へ　着いた とき、会いました。

是的。來到學校時，遇到了。

代換
① 掃除した　打掃之後
② ごみを　捨てた　倒垃圾之後

（動詞1て形）てから、
（動詞2）。

做完（動作1）之後，做（動作2）。

14 與時間有關

說 明

表達二個動作的先後順序時使用。

小叮嚀

「～てから」在句子裡不會重複出現，但是句子中動詞「て形＋て」則可以重複出現，形成「～て、～て、～て」的句子。

會 話

家に 帰ってから、何を しますか。
回家以後，做什麼呢？

シャワーを 浴びて から、寝ます。
洗完澡後，睡覺。

代 換

① 宿題を して　寫功課

② テレビを 見て　看電視

（動詞1た形）たあとで

（動詞2）。

做完（動作1）之後，做（動作2）。

（動詞1辭書形）まえに

（動詞2）。

進行（動作1）前，做（動作2）。

說 明

　　這二個句型都表示動作的先後順序，「あ
とで」是「在～之後」，接動詞過去式，也就
是た形；「まえに」是「在～之前」，接動詞
未來式，也就是辭書形。

小叮嚀

　　句型 093 和句型 092 意思相同，只是句型
092 更強調前面的動作先進行。

會 話

どうしましたか。
怎麼了嗎？

ジェットコースターに　乗った　あとで、
吐いて　しまいました。
搭完雲霄飛車後，吐了。

どうして　乗る　まえに、
薬を　飲みませんでしたか。
為什麼搭乘之前，不吃藥呢？

忘れました。
忘了。

代 換

① ご飯を　食べた、食べる　吃完飯，吃
② お酒を　飲んだ、飲む　喝完酒，喝

（名詞／動詞辭書形）まで ～。

直到（某個時間／某動作發生）～。

說明

「まで」是助詞，用法很多，在這裡是表示動作結束的時間點。

小叮嚀

「まで」後面要接續表示狀態持續的句子。

會話

バスが　来るまで　待ちましょう。

等待到公車來吧！

ええ、そうしましょう。

好，就這麼做吧！

代換

① 看護婦さんが　呼んで　くれる　護士叫我們

② ご両親が　見える　你的爸媽來

（名詞／動詞辭書形）までに　～。

在（某個時間／某動作發生）
之前～。

說　明

「までに」是表示動作發生的最晚期限，
中文意思為「在～之前」。

小叮嚀

和句型 095 相較，「までに」後面不接表示
狀態持續的句子。

會　話

いつも　ご主人（しゅじん）が　帰（かえ）って　来（く）るまでに、
晩（ばん）ご飯（はん）の　支度（したく）を　済（す）ませますか。

妳總是在先生回來前，就準備好晚餐嗎？

はい、そうです。

是，是的。

① 午後6時
ごごろくじ

晚上六點

② お孫さんが 遊びに 来る
まご　　　　　あそ　　　く

你孫子來玩

句型 097

（名詞＋の／動詞て形＋て　いる）
間、～。

在（某段長時間／某個動作正在進
行）的期間，～。

說 明

「～間」是表示一定的時間範圍，接的是
動詞現在進行式（「～て　いる」），意思是
「在～時候、在～期間」。

小叮嚀

「～間」後面接的句子，往往是表示持續
動作或狀態的句子。

會話

私が 本を 読んで いる 間、
静かに して ください。

在我讀書的期間，請安靜。

はい、すみません。

好，對不起。

代換

① レポートを 書いて いる 在寫報告

② 音楽を 聴いて いる 在聽音樂

（名詞+の / 動詞辭書形 /
動詞ない形 / 動詞て形+て　いる）
<ruby>間<rt>あいだ</rt></ruby>に、〜。

在（某個時間點結束前 / 做某個動作 /
不做某個動作 / 某個動作正在進行）
的時候，〜。

說　明

　　表示在時間範圍中的一個時間點上，發生
了某個動作。

小叮嚀

　　「〜<ruby>間<rt>あいだ</rt></ruby>に」後面接的句子，往往是表示瞬
間性的動作，例如「<ruby>入<rt>はい</rt></ruby>ります」（進入）、
「<ruby>立<rt>た</rt></ruby>ちます」（站起來）、「<ruby>咲<rt>さ</rt></ruby>きます」（開
花）等。

どうしましたか。

怎麼了嗎？

<ruby>私<rt>わたし</rt></ruby>が　留守の　<ruby>間<rt>あいだ</rt></ruby>に、<ruby>泥棒<rt>どろぼう</rt></ruby>が
<ruby>入<rt>はい</rt></ruby>りました。

我不在家的時候，小偷闖進來了。

<ruby>警察<rt>けいさつ</rt></ruby>に　<ruby>電話<rt>でんわ</rt></ruby>しましたか。

打電話給警察了嗎？

はい、しました。

是的，打了。

代 換

① <ruby>出<rt>で</rt></ruby>かけて　いる　外出
② <ruby>寝<rt>ね</rt></ruby>て　いる　睡著

句型099

（時間名詞）で （動詞）。

在（某個時間點或某個期限內）做
（某個動作）。

說 明

當「で」的前面接續時間點或時間範圍
時，表示動作結束的期限，含有期待等的心
情。

小叮嚀

含有數字的時間名詞，後面若接續「に」
的話，單純指動作發生的時間點。例如「6時に
起きます」（六點起床）。

この 1週間で 仕事を 完成して

ください。

請在這個禮拜完成工作。

はい、任せて ください。

好，請包在我身上。

代 換

① 今週の 木曜日　本週四

② 来月　下個月

（動詞1ます形）ながら、
（動詞2）。

一邊（進行動作1），一邊
（進行動作2）。

說 明

表示一個人同時做二件事。

小叮嚀

重點強調的是動作2（動詞2）。

會 話

勉強中に 眠いとき、どうしますか。

讀書時想睡的時候，會怎麼辦呢？

わたしは ガムを かみながら、
勉強します。

我會一邊嚼口香糖，一邊唸書。

あなたは。

妳呢？

わたしは　しばらく　休^{やす}んでから

勉強^{べんきょう}します。

我會休息一會兒再唸書。

代 換

① コーヒーを　飲^のみながら　　一邊喝咖啡

② 音楽^{おんがく}を　聴^ききながら　　一邊聽音樂

句型101

（動詞た形）たばかりです。

剛剛完成（某個動作）。

說 明

表示動作結束後不久。

小叮嚀

和句型102 意思相近，但是更強調進行完動作後，沒經過太長的時間。

會 話

退院したばかりですから、ゆっくり
休んで ください。

因為剛出了院，所以請好好休息。

でも 仕事が まだ 終わって
いません。

可是工作還沒做完。

わたしが　やります。

我來做。

どうも　ありがとう　ございます。

謝謝您。

代 換

① 病気が　治った　病治好了

② 子どもを　生んだ　生了孩子

句型102

たった今
（動詞た形）たところです。

剛（進行某個動作）。

說明

表示動作剛剛結束的時間點。

小叮嚀

和句型 101 相比，結束的時間沒有範圍性。

會話

この　ことを　ご家族に　知らせましたか。

通知你家人這件事了嗎？

ええ、たった今　電話を　した　ところです。

有，剛剛才打過電話。

代換

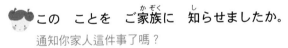

① メールを　した　發了電子郵件

② ファックスを　送った　傳送了傳真

これから / 今から
（動詞辭書形）ところです。

接下來 / 現在起

要（進行某個動作）。

說明

強調某個動作即將開始的時間點。

小叮嚀

「今から」（現在起）前面可以加「ちょうど」（正好）。

會話

もう かぎを かけました か。

已經鎖門了嗎？

いいえ、まだです。

不，還沒。

これから かける ところです。

接下來要上鎖。

代換

① エアコンを つけました、つける

開空調了，開

② 電源を 切りました、切る

切斷電源了，切斷

今 （動詞て形）て いるところ です。

いま

現在正在（進行某個動作）。

說 明

強調某個動作正在進行的時間點。

小叮嚀

「～ところです」的用法區別，就在於它的前面的動詞變化。

會話

お父さんは　いらっしゃいますか。

你爸爸在家嗎？

はい、います。

是的，他在。

今　自動車の　手入れを　して

いるところです。

現在正在檢修汽車。

代換

① 地下室で　油絵を　描いて

在地下室畫油畫

② 2階で　昼寝を　して

在二樓睡午覺

今 (動詞て形) て います。
いま

現在正在(進行某個動作)。

說明

動詞的現在進行式。

小叮嚀

「～て います」另外還有二個用法,一個是表示動作的持續狀態(請參考 28 「狀態、樣態的表達」句型 171),一個是表示長期反覆的動作,例如「母は 高校で 英語を 教えて
はは　　　　こうこう　　えいご　　　　おし
います」(我媽媽在高中教英文)。

會 話

高さんは 今 何を して いますか。

高先生現在正在做什麼呢？

彼は 今

オンラインゲームを して います。

他現在正在玩線上遊戲。

代 換

① 工場の 見学を して　參觀工廠

② 車を 止めて　停車

（動詞て形）て　しまいます。

已經完成（某個動作）。

說　明

表達動作完了。

小叮嚀

這個句型在陳述動作結束之外，還含有遺憾、惋惜等負面的心情。

會　話

 僕との　約束を　忘れて　しまいましたか。

已經忘了和我的約定嗎？

いいえ、覚えて　いますよ。

不，我記得喔。

代　換

① 先生からの　お願いを　忘れて

忘了來自老師的請託

② 留学したときの　思い出を　忘れて

忘了留學時的回憶

句型 107

（動詞て形）て　おきます。

事先（進行某個動作）。

說明

表達將某件事情先完成。

小叮嚀

如果希望對方先做某件事的話，可以用「～て　おいて　ください」（請事先～）來表達。

會話

 コンサートの　チケットを　買って

おきましたか。

先買好演奏會的票了嗎？

 はい、買って　おきました。

是的，先買好了。

代換

① 証明書の　写真を　撮って、撮って

拍證件的照片，拍

② 年賀状を　送って、送って

寄送賀年卡，寄送

句型 108

（名詞）に　なります / します。

變成 / 使（某個人、某事物）變成～。

句型 109

（イ形容詞語幹）く　なります /
します。

變得 / 使（某個人、某事物）變得～。

句型 110

（ナ形容詞語幹）に　なります /
します。

變得 / 使（某個人、某事物）變得～。

說明

　　「なります」是自動詞（相當於英文裡的不及物動詞），表示「自然變化為～」；「します」則是他動詞（相當於英文裡的及物動詞），表示「人為的作用讓某個事物或人成為～」。

小叮嚀

06 「動作的表達」句型 044 和句型 108 外型相同，但用法不同。

會話

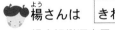 楊さんは きれいに なりました。

楊小姐變漂亮了。

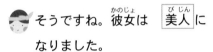 そうですね。彼女は 美人に

なりました。

是啊。她變成美人了。

代換

① 贅沢に、お金持ち　奢侈，有錢人
② 貧しく、貧乏　貧窮，窮

（動詞辭書形／動詞可能形的普通
形／可能動詞的辭書形）ように
なります。

變得會～。

說 明

　　表示狀態或者能力的變化，「～ように」
在這裡是提示變化的趨勢。

小叮嚀

　　「可能動詞」指的是「聞こえます」（聽
得到）、「見えます」（看得到）、「できま
す」（會）。

會 話

パソコンが 使える(つか) ように

なりましたか。

變得會使用電腦了嗎？

ええ、使える(つか) ように なりました。

是的，變得會用了。

代 換

① 上手(じょうず)に お茶(ちゃ)が 立(た)てられる、立(た)てられる

很會沏茶，會沏

② お酒(さけ)が 飲(の)める、飲(の)める

會喝酒，會喝

（動詞可能形的ない形）なく
なりました。
變得不會～。

說明

動詞ない形和「なりました」結合而來的句型。

小叮嚀

動詞ない形在這裡去「い」加「く」的變化方式，和イ形容詞接動詞時的變化方式一樣。

會話

日本語は　上手に　なりましたか。

日文變好了嗎？

しばらく　使って　いないので、

話せなく　なりました。

一陣子沒用，所以變得不會說了。

代換

① 書けなく　不會寫
② 聞き取れなく　聽不懂

句型113

（動詞て形）て　きます。

～起來。

句型114

（動詞て形）て　いきます。

～下去。

說明

　　「きます」是向心動詞，所以「～て　きます」是由過去到現在的變化趨勢；「いきます」是離心動詞，所以「～て　いきます」是由現在往未來的變化趨勢。當動詞為撥音便的第一類動詞和「—・ぎます」時，該二個句型的接續方式為「～で　きます」、「～で　いきます」。

小叮嚀

　　表達未來趨勢的預測時，可以用「～ていくでしょう」（會～下去吧）。

會話1

あ～、 寒く なって きました。

啊～，變得冷起來了。

窓を 閉めましょうか。

關窗戶吧？

ええ、お願いします。

好的，麻煩了。

代換

① 風が 吹いて 颱風

② 涼しく なって 變涼爽

會話2

 結婚しても 仕事を 続けて
いくつもりですか。

即使結婚也打算繼續工作下去嗎？

 はい。

是的。

ずっと 続けて いきます。

一直繼續下去。

代 換

① 年を 取っても 働いて、働いて

即使上了年紀仍工作，工作

② 子どもが できても 勉強して、勉強して

即使有了小孩仍讀書，讀書

⑯ 個人意志、打算的表達

句型 115

**（動詞辭書形）つもりです /
つもりは　ありません。**

打算做（某個動作） /
沒有做（某個動作）的打算。

句型 116

（動詞ない形）ないつもりです。

打算不做（某個動作）。

說明

　　用來表示明確的個人意志與計畫。否定表現的「～つもりは　ありません」和「～ないつもりです」雖然中文意思相同，但是「～つもりは　ありません」是百分之百的全面否定，否定意志更強烈。

小叮嚀

　　「（動詞た形）たつもりです」是表示「有過那樣的想法」喔！

會話1

　近藤さんと　結婚する つもりですか。

打算和近藤先生結婚嗎？

いいえ、彼と　結婚する つもりは

ありません。

不，沒有和他結婚的打算。

代換

① 夏休みに　海外旅行を　する、する

暑假裡去國外玩，玩

② 大学に　入る、入る

進大學，進

16 個人意志、打算

會話2

今年も 中国へ 旅行に 行く

つもりですか。

今年也打算去中國旅行嗎？

いいえ、今年は 行かない つもりです。

不，今年不打算去。

代換

① インドで 修行する、しない

在印度修行，不修行

② フランスで 料理を 勉強する、
行かない

在法國學料理，不去

（動詞意志形）（よ）う /
（動詞ます形）ましょう。

做（某個動作）吧。

說明

說話者自言自語似的說「做～吧」。

小叮嚀

和 04 「邀約、提出的表達」句型 031 外型一樣，用法不同。

會話

　頭が 痛いので、きょうは

　早く 帰ろう。

因為頭痛，今天就早點回家吧！

　それが いいです。

那樣比較好。

① 歯、ジュースだけ　飲もう

牙齒，只喝果汁吧

② お腹、会社を　休もう

肚子，跟公司請假吧

（動詞意志形）（よ）うと
思（おも）って　います / 思（おも）います。

想做（某個動作）。

說　明

　　表達個人接下來或是未來想做某件事的想法，仍有改變的可能性。「～（よ）うと　思（おも）って　います」強調這個決心一直保持到現在；「～（よ）うと　思（おも）います」則表示說話者當時的想法。

小叮嚀

　　第三者的意志不能用「～と　思（おも）います」來陳述。

将来 | どんな 仕事を しようと |
思いますか。

將來想做什麼樣的工作呢？

そうですね。

日本語を 生かす仕事を しようと |
思って います。

這個嘛。我想做活用日文的工作。

代 換

① どんな 会社で 働こう、
英語を 使わない会社で 働こう

要在什麼樣的公司工作，

要在不使用英文的公司工作

② どんな 会社を 作ろう、
お金が もうかる会社を 作ろう

要成立什麼樣的公司，

要成立賺錢的公司

（動詞意志形）（よ）うと します。

正要做（某個動作）。

説明

表示剛要開始或是努力嘗試做某件事。

小叮嚀

後面如果有接句子時，往往是發生不如預期的事情。

會話

遅（おそ）く なって、すみません。

遲到了，不好意思。

会社（かいしゃ）を 出（で）ようと したとき、
電話（でんわ）が かかって きたんです。

正要離開公司的時候，有電話打進來。

そうですか。

那樣啊。

① ここに　来よう、部長に　呼ばれた

要來這裡，被部長叫去

② 出かけよう、エレベーターが　止まった

要出門，電梯停了

（動詞て形）て　みます。

試著做（某動作）。

說明

　　表示以比較輕鬆的心情，嘗試做某件事。當動詞為撥音便的第一類動詞和「―・ぎます」時，該句型的接續方式為「～で　みます」。

小叮嚀

　　「みます」、「おきます」、「います」等動詞，接在動詞て形之後，構成新的句型及意義，這些字就是所謂的「補助動詞」。

會話

自分の 店を 作って みたいです。

想試著開自己的店。

頑張って ください。

請加油！

はい、頑張ります。

好，我會加油！

代換

① 推理小説を 書いて　寫推理小説

② フランス料理を 習って　學習法國料理

句型**121**

（動詞て形）ても　いいです／ても　かまいません。

可以做（某個動作）。

說 明

　　表示允許對方做某件事，或是詢問對方是否能夠做某件事。主語往往被省略。當動詞為撥音便的第一類動詞和「─・ぎます」時，該句型的接續方式為「～でも　いいです」、「～でも　かまいません」。

小叮嚀

　　此句型當成問句時，肯定的簡答是「はい、けっこうです」（好的，可以）或「はい、どうぞ」（好的，請）。否定的簡答則是「いいえ、だめです」（不，不行）或「いいえ、いけません」（不，不可以）。

テスト中、電卓を　使っても
いいですか。

考試時，可以使用計算機嗎？

いいえ、使わないで　ください。

不，請不要使用。

代 換

① 窓を　閉めても、閉めないで

關窗戶也～，不要關

② 電気を　消しても、消さないで

關燈也～，不要關

（動詞て形）ては　いけません。

不可以做（某個動作）。

說 明

　　表示禁止對方做某件事。可以是上對下的要求，也可以是一般公共規則中的禁止事項。「は」在這裡唸成「wa」。口語上，「ては」和「では」會被說成「ちゃ」和「じゃ」。當動詞為撥音便的第一類動詞和「─・ぎます」時，該句型的接續方式為「～では　いけません」。

小叮嚀

　　疑問句的「～ては　いけませんか」（不可以～嗎）也是在請求對方許可，比句型**121**提到的「～ても　いいですか」（～也可以嗎）更婉轉。

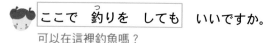

會話

ここで 釣りを しても いいですか。

可以在這裡釣魚嗎？

いいえ、ここで 釣りを しては
いけません。

不，不可以在這裡釣魚。

代 換

① 遅く 出発しても、遅く 出発しては

晚一點出發也～，晚一點出發

② この 服を 着て みても、着て みては

試穿這件衣服看看也～，試穿看看

（動詞辭書形）な！

不可以做（某個動作）。

說明

　　對晚輩或熟人表達禁止的意思，有時候也會用於標語上。

小叮嚀

　　和句型122相比，較為粗魯。

會話

 動くな！

別動！

 どうしてですか。

為什麼呢？

代換

① 騒ぐ　吵鬧
② 触る　碰觸

句型124

（物）を　ください。
請給我（某物）。

說明

「ください」是「請給我某個東西」的意思，前面接助詞「を」。

小叮嚀

「（物）を　お願いします」（麻煩給我～）可以表達相同意思。

會話

すみません、お箸を　ください。
對不起，請給我筷子。

はい、少々　お待ち　ください。
好的，請稍等。

代換
① お水　水
② お絞り　濕巾

句型125

（動詞て形）て　ください。

請做（某個動作）。

句型126

（動詞ない形）ないで　ください。

請不要做（某個動作）。

說 明

　　請求或輕微命令對方進行或是不進行某件事。當動詞為撥音便的第一類動詞和「―・ぎます」時，該句型的接續方式為「～で　ください」。

小叮嚀

　　「（動詞て形）て　くださいませんか」（能不能請您～呢），是比句型125更有禮貌的請求說法。

會話 1

どうぞ 中に 入って ください。

請到裡面來。

はい。

好的。

代 換

① 靴を 脱いで　脫鞋

② 座って　坐下

會話 2

傘を そこに 置かないで ください。

請不要把傘放在那裡。

はい。

好的。

代 換

① かばん、忘れないで

皮包，不要遺忘

② お土産、買わないで

伴手禮，不要買

（動詞辭書形）ように
して　ください。

請做（某個動作）。

（動詞ない形）ないように
して　ください。

請不要做（某個動作）。

說 明

　　這二個句型，是比句型**125**、**126**更委婉的
請求或指示對方進行或者不進行某個動作。

小叮嚀

　　「ように」的用法很多，在這裡將整個句
型視為一體即可。

會話1

できるだけ 先生に 質問する ように
して ください。

請盡量問老師問題。

はい。

好的。

代換

① 早く 戻る　早點回來

② きれいに 掃除する　打掃乾淨

會話2

タバコを 吸わない ように
して ください。

請不要抽菸。

はい、分かりました。

好，知道了。

代換

① 窓を 開けない　不要打開窗戶

② 廊下で 騒がない　不要在走廊喧鬧

お（和語動詞ます形）ください /
ご（漢語動詞語幹）ください。

請做（某個動作）。

說 明

最常見的敬語用法之一，對於長輩或是客戶說話時使用。也常用在公眾場合，表達請求或指示對方做某個動作。

小叮嚀

比句型 125 更有禮貌。一般第一類、第二類動詞皆屬於「和語動詞」，例如「待ちます」（等待）；而「漢語＋します」的動詞則稱為「漢語動詞」，例如「協力します」（協助），其語幹為「協力」。

會 話

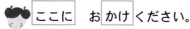 おかけください。

請坐這裡。

はい、ありがとう ございます。

好的，謝謝。

代 換

① ここで、待ち　在這裡，等待

② 今月の　給料、納め　這個月的薪水，收下

句型130

（動詞ない形）なければ なりません / なければ いけません / なくては なりません / なくては いけません。

不做（某件事）不行；
必須做（某件事）。

說 明

「なければ」和「なくては」意思是「不做某個動作的話」；「なりません」和「いけません」意思是「不行」。「～なければ なりません」和「～なくては なりません」是指一般的原理，而「～なければ いけません」和「～なくては いけません」則用來表達個人的事情。

小叮嚀

口語上可以說成「（動詞ない形）なくちゃ」或「（動詞ない形）なきゃ」。

會 話

親孝行を　しなければ　いけませんよ。

不孝順爸媽不行喔。

はい、心配しないで　ください。

好，請不要擔心。

代 換

① **まじめに　働かなければ**　不認真工作的話

② **内緒に　しなければ**　不保守秘密的話

（動詞ない形）なくても いいです
/ なくても かまいません。
不做（某件事）也可以；
不做（某件事）也沒關係。

說 明

　　表達沒有必要做某件事，或者用來回答句
型 **130** 的問句。

小叮嚀

　　委婉的詢問方式是「～なくても いいで
しょうか」（不～也可以嗎）。

日曜日も アルバイトを しなければ

なりませんか。

星期天也不打工不行嗎？

いいえ、 しなくても いいです。

不，不打工也可以。

代換

① 会社へ 行かなければ、行かなくても

不去公司的話，即使不去也～

② 子どもの 面倒を 見なければ、

見なくても

不照顧小孩的話，

即使不照顧也～

句型132

（動詞た形）たほうが　いいです。

做（某件事）比較好。

句型133

（動詞ない形）ないほうが
いいです。

不做（某件事）比較好。

說明

　　向別人提出自己的想法，認為某件事該做或不該做比較好，屬於一般性意見。當動詞為撥音便的第一類動詞和「—・ぎます」時，句型132的接續方式為「～だほうが　いいです」。

小叮嚀

　　「ほう」是用於比較時表示某一方如何，後面接助詞「が」。

會話

どうしましたか。

怎麼了呢？

<ruby>頭<rt>あたま</rt></ruby>が <ruby>痛<rt>いた</rt></ruby>いんです。

頭痛。

きょうは <ruby>残業<rt>ざんぎょう</rt></ruby>しないで、

<ruby>早<rt>はや</rt></ruby>く <ruby>家<rt>うち</rt></ruby>へ <ruby>帰<rt>かえ</rt></ruby>った ほうが いいです。

今天不要加班，早點回家比較好。

<ruby>無理<rt>むり</rt></ruby>しない ほうが いいですよ。

不要勉強比較好喔。

代 換

① <ruby>病院<rt>びょういん</rt></ruby>へ <ruby>行<rt>い</rt></ruby>った、もう <ruby>仕事<rt>しごと</rt></ruby>を しない

去醫院，不要再工作

② <ruby>休<rt>やす</rt></ruby>んだ、<ruby>働<rt>はたら</rt></ruby>きすぎない

休息，不要工作過度

（動詞た形）たら いいです。

做（某件事）的話才好。

說 明

　　直接表達個人的建議時使用。句子後面加「か」變為疑問句時，是請教別人該怎麼做的意思。當動詞為撥音便的第一類動詞和「—・ぎます」時，該句型的接續方式為「～だら いいです」。

小叮嚀

　　「～たら」是「如果～的話」的意思。

台北市立図書館を　見学したいんですが、

どうしたら　いいですか。

想參觀台北市立圖書館，怎麼做比較好呢？

電話で　聞いたら　いいですよ。

打電話問問看比較好喔。

代 換

① 直接　行ったら　直接去的話

② 予め　申し込んだら　事先預約的話

（動詞た形）たら　どうですか。

做（某件事）如何？

說　明

　　這句話外型看起來像疑問句，事實上沒有表示詢問，而是提出說話者的看法。

小叮嚀

　　比句型132「～ほうが　いいです」更直接的建議對方做某件事。

會　話

すみません、バス停は　どこですか。

對不起，公車站在哪裡呢？

あそこの　案内所で　聞いたら

どうですか。

去那裡的服務台問問看如何？

そうですね。ありがとう　ございます。

是啊。謝謝。

① あそこに 立って いる警察に 聞いたら

問站在那裡的警察的話

② あそこに ある地図を 見て 調べたら

查看那裡的地圖的話

㉑ 經驗的表達

句型136

（動詞た形）たことが　あります。

曾經做過（某件事）。

說明

　　表示過去的經驗，「こと」將動作名詞化，不能用其他形式名詞取代。當動詞為撥音便的第一類動詞和「─・ぎます」時，其接續方式為「～だことが　あります」。

小叮嚀

　　經常和「むかし」（過去）、「子どものころ」（小時候）、「今までに」（直到目前為止）等詞語一起使用。

會 話

今_{いま}までに 飛行機_{ひこうき}に 乗_のった ことが

ありますか。

到目前為止曾經搭過飛機嗎？

はい、2回_{にかい} あります。

是的，搭過二次。

代 換

① スキーを した　滑雪
② 会社_{かいしゃ}に 遅_{おく}れた　上班遲到

（動詞辭書形）ことが　あります。

有時候做（某件事）。

說 明

表示現在偶爾會發生的事情，「こと」將動作名詞化，不能用其他形式名詞（もの、の、ところ……等）取代。

小叮嚀

常和「ときどき」（有時候）一起使用。

會 話

どうやって　会社へ　行きますか。

怎麼去公司呢？

いつもは　バスで　行きます。

通常搭公車去。

でも、ときどき　タクシーで　行くことが　あります。

不過，有時候搭計程車去。

21 經驗

代 換

① **歩いて 行く**　走路去

② **自転車で 行く**　騎腳踏車去

（動詞ない形）ないことが
あります。
有時候不做（某件事）。

說　明

　　表示現在有時候不會進行某個動作，「こ
と」將動作名詞化，不能用其他形式名詞取
代。

小叮嚀

　　「こと」在句型**136**～**138**中，將動詞變成
名詞形式，是「形式名詞」的用法。其他的形
式名詞還包括句型**139**的「もの」、句型**141**的
「の」，以及句型**102**～**104**的「ところ」。

會話

 忙しくて ご飯を 食べない ことが
あります か。

有時候會因為忙碌而不吃飯嗎？

 はい、あります。

是的，會。

代換

① 寝ない　不睡覺

② シャワーを 浴びない　不沖澡

（動詞た形）たものです。

之前做過（某件事）。

說 明

用來敘述過去發生的事情或個人經驗。

小叮嚀

「もの」也是形式名詞之一喔。

會 話

すてき　みせ
素敵な　お店ですね。

很漂亮的店呢！

がくせい じ だい
学生時代に　よく　来た ものです。

學生時代常來。

代 換

① コンパを　した　辦聯誼

② アルバイトを　した　打工

22 目的的表達

句型140

（動詞ます形／動作性名詞）に
行きます／来ます／帰ります。
去／來／回家做（某件事）。

說　明

　　表示前往進行某個動作。「に」前面接移動的目的，後面接「行きます」等移動性動詞。

小叮嚀

　　移動目的是第三類動詞「～します」時，接續的是這個動詞的名詞部分，例如「買い物に　行きます」（去買東西）。

會話

いっしょに 海へ | ごみを 拾いに |
行きませんか。

要不要一起去海邊撿垃圾呢？

いいですよ。

好啊！

代換

① 泳ぎに　游泳
② 夕日を　見に　看夕陽

（名詞 / 動詞辭書形）のに
いいです / 必要です /
役に 立ちます / 使います。

在（某物 / 某個動作）上很好 /
有需要 / 有用 / 使用。

說 明

　　表示這個動作的用途如何，後面接的形容
詞或動詞限定為「いいです / 必要です / 役に
立ちます / 使います」等。

小叮嚀

　　「の」接在動詞辭書形後面，將這個動詞
名詞化，是「形式名詞」的用法。

會話

これは 何に 使うんですか。

這個要用在什麼上呢？

紙を 切る のに 使います。

要用來剪紙。

代換

① 火を つける 生火
② 髪を 洗う 洗髮

句型 142

（動詞1辭書形 / 動詞1可能形的
普通形 / 可能動詞的辭書形）
ように（動詞2）。

為了～，而做（某件事）。

句型 143

（動詞1ない形）ないように
（動詞2）。

為了不～，而做（某件事）。

說明

以發不發生某件事，或是某件事是否變為
可能為目的，來進行某個行為。

小叮嚀

前後句的主詞可以不同；如果是同一個主
詞，「ように」前面會接自動詞。

會話1

🍓 まじめに 勉強して いますか。

很認真的在讀書嗎？

😊 はい、 中国語が 上手に 話せる ように 勉強して います。

是的，為了能說好中文而讀著書。

代 換

① 試験に 合格できる 能通過考試

② いい成績が 取れる 能取得好成績

會話2

🍓 急ぎましょう。

快點吧！

😊 はい。 電車に 遅れない ように 走ります。

好。為了不錯過電車，要快跑。

代 換

① 約束の 時間に 遅刻しない

不耽誤約定的時間

② 学校に 遅れない 上學不遲到

22 目的

（名詞）の ため（に）、/（動詞 辭書形）ため（に）、（動詞）。

為了（某人／做某件事）而～。

說 明

表示為了某個人或是某個行為而進行某個動作。

小叮嚀

前後句的主詞要相同，和句型142、143
「～ように」相較，「ために」前面接的是他動詞。

會 話

何の ために、お金を 貯めて いるんですか。

為了什麼而存錢呢？

旅行する ために、お金を 貯めて いるんです。

為了旅行而存錢。

代 換

① 豊かな 生活を する　過富裕的生活
② 広い 家を 買う　買大房子

㉓ 能力、可能、難易的表達

句型145

（主詞）は （名詞）が できます。

（某人）會（某個事物）。

說明

敘述個人能力時使用。「が」是提示能力的助詞，「できます」是動詞，「會；能夠」的意思。

小叮嚀

句型中的「（名詞）が できます」部分，這裡的名詞可以放體育項目、樂器，或是屬於動作性名詞的漢字（例如第三類動詞「～します」的名詞部分）等，後面再接「が できます」。

會話

 サーフィンが できますか。

會衝浪嗎？

 いいえ、できません。

不，不會。

代換

① バイオリン 小提琴

② 運転 開車

（動詞辭書形）ことが　できます。

會做（某件事）；可以做（某件事）。

說明

　　表示個人能力，或是在某個規定下被允許的事情。

小叮嚀

　　意思和句型 145 類似，句型中的「こと」將動詞名詞化了。

會話

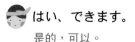この　場所は　写真を　撮ることが

できますか。

這個地方可以照相嗎？

はい、できます。

是的，可以。

代換

① 車を　止める　停車
② 踊りを　練習する　練習跳舞

（主詞）は　（名詞）が
（動詞可能形）。
（某人）會（某事物）。

說明

　　利用動詞的可能形或可能動詞來表達個人
能力，並以助詞「が」來表示會的內容。

小叮嚀

　　「話します」（說）的可能形為「話せま
す」（會說）。如果要陳述「某人聽得到、看
得到～」，則分別使用「聞きます」（聽）、
「見ます」（看）的可能形「聞けます」（能
聽）、「見られます」（能看）來表達。

會話

お父さんは 日本語が 話せますか。

你爸爸會說日文嗎？

いいえ、話せません。

不，不會說。

代換

① 料理が 作れます、作れません

會做料理，不會做

② スキーが できます、できません

會滑雪，不會

（動詞ます形）やすい/にくいです。

容易～ / 不容易～。

說 明

「やすい」和「にくい」都是イ形容詞，接在動詞ます形裡，分別指「容易～」和「不易～」，翻譯時視描述的內容做調整。

小叮嚀

「やすい」和「にくい」時態的變化方式和イ形容詞的語尾變化方式相同。

會 話

🍎 台北<ruby>タイペイ</ruby>は　どうですか。

台北如何呢？

😀 台北<ruby>タイペイ</ruby>は　 住<ruby>す</ruby>みやすい 　所<ruby>ところ</ruby>です。

台北是容易居住的地方。

代 換

① 生活<ruby>せいかつ</ruby>しにくい　不容易生活
② 買<ruby>か</ruby>い物<ruby>もの</ruby>しやすい　容易買東西

24 聽說的表達

句型 149

～に　よると、（動詞普通形 /
イ形容詞普通形 / ナ形容詞普通
形）そうです。

根據～，聽說～。

句型 150

～に　よると、（動詞普通形 /
イ形容詞普通形 / ナ形容詞語幹）
らしいです。

根據～，聽說～的樣子。

說明

動詞「よる」是根據、按照的意思。這二
個句型都是用來敘述從某個管道聽到的事情。

小叮嚀

「—・そうです」有另外容易混淆的用
法，可參考 28 「樣態、狀態的表達」句型 173
～175 喔！

會話

兄からの 電話に よると、

祖父は もう 退院した そうです。

根據我哥哥的來電，聽說我爺爺已經出院了。

それは よかったですね。

那真是太好了啊。

代換

① きのう 元気な 女の 子が 生まれた

昨天健康的女寶寶誕生了

② 来月 結婚する

下個月要結婚

句型151

> （常體句子）と いうことです /
> （常體句子）との ことです。
>
> 聽說～。

說 明

敘述某個人說過的話。

小叮嚀

用在口語的表達上。

會 話

お家（うち）に すぐ 帰（かえ）って くれとの ことですよ。

聽說要你馬上回家喔。

はい、分（わ）かりました。

好的，知道了。

代 換

① 社長（しゃちょう）が すぐ 事務所（じむしょ）に 来（く）るように

社長要你馬上去辦公室

② Ａ社（エーしゃ）の 鈴木（すずき）さんからで 電話（でんわ）が ほしい

Ａ公司的鈴木先生要你回電

（常體句子）と　言って　いました。

某人說：「～。」

說明

和句型151意思相同。

小叮嚀

「～と　言って　いました」也可以用口語說法
「～って」來代替。

會話

お姉さんは　いますか。

你姐姐在嗎？

いいえ、いません。

不，不在。

買い物に　行って　くると　言って　いました。

她說：「我去買東西。」

代換

① きょうは　戻って　来ない　今天不回來
② 美容院へ　行って　くる　去美容院

句型153

> （常體句子）と　言います /
> 考えます / 聞きます。
>
> 某人說 / 認為 / 聽說：「～。」

說明

　　助詞「と」用來表示前面接續的句子為引用的內容。

小叮嚀

　　除了慣用句外，引用的內容要先變化為普通形。

會話

「ありがとう」は　中国語で　何と
言いますか。

　「ありがとう」用中文怎麼說呢？

「謝謝」です。

　是「謝謝」。

代換

① すみません、對不起　すみません，對不起

② どうぞ、請　どうぞ，請

（動詞辭書形）ように　祈ります /
頑張ります。

祈禱 / 努力〜。

句型155

（動詞ない形）ないように
祈ります / 頑張ります。

祈禱 / 努力不〜。

說明

　　間接表達個人的請求或指示等內容時使用。

小叮嚀

　　後面接的動詞為「頼みます」（請託）、「注意します」（留意、提醒）、「お願いします」（拜託）等。

會話

神様に 何を 祈りますか。

向神明祈求什麼呢？

子どもが 無事に 生まれる ように
祈ります。

あなたは。

祈求孩子能順利誕生。你呢？

わたしは、 もう 子どもが 生まれない
ように 祈ります。

我祈求不要再生孩子。

代換

① あした 晴れる、あした 雨が 降る

明天晴天，明天下雨

② 日本語が 上手に なる、
日本語を 忘れない

日文變好，不忘記日文

（動詞命令形 / 意志形）と
言います。

某人說：「做（某件事）！」

說 明

用「と」來表達某人說過的命令的句子。

小叮嚀

間接引述的內容通常都很簡潔。

會 話

親友が 「早く 逃げろ！」と
言いました。

好朋友說：「快逃！」

ですから 逃げました 。

所以我就逃了。

そうですか。 逃げない ほうが
よかったですね。

這樣子啊。不要逃比較好啊。

① 行こう、行きました、行かない

去吧,去了,不去

② 登ろう、登りました、登らない

爬吧,爬了,不爬

（動詞禁止形）と　言います。

某人說：「不准做（某件事）！」

說 明

　　用「と」來表達某個人說過的「不准做某件事」的句子。

小叮嚀

間接引述的內容通常都很簡潔。

會 話

先生が　「騒ぐな！」と　言いましたよ。

老師說：「不要吵！」喔。

すみません。もう　騒ぎません。

對不起。我不再吵。

代 換

① タバコを　吸うな、吸いません

不要抽菸，不抽

② ピアノを　弾くな、弾きません

不要彈鋼琴，不彈

（名詞1）と いう（名詞2）。

所謂～的～。

說 明

名詞1是要描述的主詞，名詞2則是這個名稱
的「人、地、物」等廣義說法。

小叮嚀

「～と いう」的口語說法為「～って」。

會 話

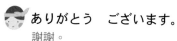

山田弘子さんと いう人から
お手紙が ありました。

有一封來自於名叫山田弘子的信。

これです。

就是這封。

ありがとう ございます。

謝謝。

代 換

① 元気日本、出版社　元氣日本，出版社
② 第一銀行、銀行　第一銀行，銀行

（動詞辭書形）か　どうか
分_わかりません／決_きめて　いません。

不知道／尚未決定是否做
（某件事）。

說 明

　　「か」是表示疑問的助詞，「どうか」則
是「如何」，結合在一起表示「要不要做某件
事」，是後面的動詞要引述的句子。

小叮嚀

　　這個句子要從後面往前翻譯喔。

會 話

あした　説明会_{せつめいかい}に　参加_{さんか}します　か。

明天要參加說明會嗎？

参加_{さんか}する　か　どうか　まだ
分_わかりません。

還不知道是否參加。

① 田中部長に　会います、会う

見田中部長，見面

② 応援を　頼みます、頼む

拜託支持，拜託

句型160

（常體句子）って。

聽說～。

說 明

口語上表達引用的方式。

小叮嚀

句子中雖然沒有出現「聽說」二字，但是翻譯時要說明出來。

會 話

清水さん、

早稲田大学に　合格したんだって。

聽說清水小姐考上了早稻田大學。

本当ですか。すごいですね。

真的嗎？好厲害耶！

代 換

① 写真集を　出版した　出版了寫真集

② 会社を　経営して　いる　正在經營公司

句型161

（動詞普通形／イ形容詞普通形／
ナ形容詞語幹+な／名詞+な）
の／んです。

是～的。

說 明

　　說明或強調理由、當時的狀況。如果是疑問句，則含有說話者先入為主的想法或感情。

小叮嚀

　　「～んです」是口語的表達方式。

會 話

どうしたんですか。

怎麼了嗎？

<ruby>病気<rt>びょう き</rt></ruby>なんです。

我生病了。

お<ruby>大事<rt>だい じ</rt></ruby>に。

請多保重。

① 風邪を ひいた　感冒了

② 足が 痛い　腳痛

26
説明

（動詞普通形 / イ形容詞普通形 /
ナ形容詞語幹+な / 名詞+な）
のは、〜です。

〜是〜。

說 明

在「のは」的前面，是某件事實的敘述句，之後的句子則是針對這個事實來說明狀況、理由。

小叮嚀

這個句型是 **11**「原因或理由的表達」句型 **077**「〜のは、〜からです」或「〜のは、〜ためです」的原形。

會話

きのう　来なかったのは、

どうしてですか。

昨天沒來，是為什麼呢？

時間が　なかった からです。

因為沒時間。

代 換

① 用事が　あった　有事

② 約束を　すっかり　忘れた　完全忘了約會

（動詞普通形 / イ形容詞普通形 /
ナ形容詞語幹+な / 名詞+な）
わけです。

當然是～的。

說 明

　　表示作為結果來說，是理所當然、合乎邏輯的事情。

小叮嚀

　　多和表示因果關係的「から」、「ので」等一起使用。

會話

この ケーキ、 おいしい ですね。

這個蛋糕，很好吃耶。

９００元も しましたから。

因為要九百元！

道理で おいしい わけです。

怪不得這麼好吃。

代換

① りんご、水分が 多い、みずみずしい

蘋果，水分多，多汁

② 刺身、すごく 新鮮、おいしい

生魚片，非常新鮮，好吃

27 接受、給予的表達

句型164

Aは Bに （物）を あげます /
さしあげます / やります。

A給B（某物）。

說明

A給B某個東西，一般使用「あげます」。
如果B是長輩，可用尊敬語「さしあげます」，
如果是晚輩，可用謙讓語「やります」。

小叮嚀

B是第一人稱「我」的話，必須使用句型
166。

この　赤い　かばん　を　誰に

あげますか。

這個紅色的皮包要給誰呢？

母に　あげます。

給我媽媽。

そして、あの　黄色い　かばん　を

妹に　やります。

然後，那個黃色的皮包要給我妹妹。

代 換

① ワンピース、ワンピース　連身裙，連身裙

② スカーフ、スカーフ　絲巾，絲巾

Aは Bに （物）を もらいます / いただきます。

A從B那裡收到（某物）。

說明

A從B那裡收到某個東西，一般使用「もらいます」。如果B是長輩，可用謙讓語「いただきます」。

小叮嚀

「に」可以代換成「から」。如果B是公司或某團體時，不使用「に」而用「から」。

會話

なかやま
中山さんから 何を もらいましたか。

從中山小姐那裡收到了什麼呢？

ケーキ を もらいました。

收到了蛋糕。

代換

① れいぞうこ
冷蔵庫　冰箱
② うでどけい
腕時計　手錶

Aは わたしに （物）を くれます / くださいます。

A給我（某物）。

說 明

　　A給我或我這一方的某個人東西時，一般使用「くれます」。如果A是長輩，可用尊敬語「くださいます」。

小叮嚀

　　授受動詞在使用上有時含有受到恩惠之意。

會 話

せんせい
先生は わたしに 辞書(じしょ)を
くださいました。

老師給了我字典。

いいですね。あした 辞書(じしょ)が
必要(ひつよう)ですから、貸(か)して くれますか。

真好耶。明天要用字典，所以可以借我嗎？

27
接受、給予

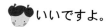いいですよ。

可以啊！

Aは　Bに　（動詞て形）て
あげます / さしあげます /
やります。

A為B做（某件事）。

說 明

　　A為B做某個動作，一般使用「あげます」。如果B是長輩，可用尊敬語「さしあげます」，如果是晚輩，可用謙讓語「やります」。當動詞為撥音便的第一類動詞和「―・ぎます」時，其接續方式為「～で　あげます」、「～で　さしあげます」、「～で　やります」。

小叮嚀

　　依動詞的不同，助詞「に」會產生變化。例如「わたしは　子どもを　公園へ　連れて　行って　やりました」（我帶著小孩去了公園），這句話就不用助詞「に」。

會 話

ずいぶん　たくさん　ありますね。

還真多啊！

誰[だれ]に　買[か]って　あげたんですか。

是買給誰呢？

化粧品[けしょうひん]は　部長[ぶちょう]の　黒田[くろだ]さんに

買[か]って　あげました。

化妝品是買給部長黑田女士。

おもちゃは　娘[むすめ]に　買[か]って　やりました。

玩具是買給女兒。

代 換

① 用意[ようい]して、用意[ようい]して、用意[ようい]して

準備，準備，準備

② 注文[ちゅうもん]して、注文[ちゅうもん]して、注文[ちゅうもん]して

訂購，訂購，訂購

Aは　Bに　（動詞て形）て
もらいます / いただきます。

A接受B做（某件事）。

說 明

　　A接受B為他做某個動作，一般使用「もら
います」。如果B是長輩，可用謙讓語「いた
だきます」。當動詞為撥音便的第一類動詞和
「―・ぎます」時，其接續方式為「〜で　もら
います」、「〜で　いただきます」。

小叮嚀

　　這個句型含有麻煩他人的意思。

會話

誰に　空港まで　送って

もらいましたか。

讓誰送到機場了呢？

主任に　送って　いただきました。

讓主任送了。

代換

① レポートを　見て、見て

看報告，看

② デジカメを　買って、買って

買數位相機，買

句型169

Aは わたしに （動詞て形）て
くれます / くださいます。
A為我做（某件事）。

說 明

　　A為我或我這一方的某個人做某個動作時，
一般使用「くれます」。如果A是長輩，可用
尊敬語「くださいます」。當動詞為撥音便的
第一類動詞和「─・ぎます」時，其接續方式
為「～で くれます」、「～で くださいま
す」。

小叮嚀

　　這個句型含有行為者A自發性做這件事的意
思。

誰が　関西弁を　教えて

くれましたか。

誰教你關西腔呢？

 誰も　教えて　くれませんよ。

自分で　勉強しました。

沒有人教我喔。自己學的。

代 換

① 宿題を　手伝って、手伝って、

やりました

幫忙寫作業，幫忙，做了

② ご飯を　作って、作って、料理しました

做飯，做，料理了

28 樣態、狀態的表達

句型170

（名詞）が　（自動詞）。

某事物～。

說明

描述某個自然現象。「が」是提示主語的助詞。

小叮嚀

日文的自動詞相當於英文裡的不及物動詞。

會話

風が　強く　なりました ね。

風變強了耶。

窓を　閉めましょうか。

關窗戶吧？

お願いします。

拜託了。

代換

① 雨が　降って　います　下著雨
② 日が　沈みました　太陽下山了

句型 **171**

（自動詞て形）て　います。

～著。

說　明

　　用來表達某個動作發生後，這個狀態還持續著。當動詞為撥音便的第一類動詞和「—・ぎます」時，其接續方式為「～で　います」。

小叮嚀

　　使用這個句型來表達身上穿、戴了某件衣服或飾品等動作。

會　話

 窓が　閉まって　います か。

窗戶關著嗎？

 いいえ、開いて　います。

不，開著。

代　換

① 電気が　ついて、消えて　　燈開，關

② かぎが　かかって、はずれて　　上鎖，沒上鎖

（他動詞て形）て　あります。

～著。

說　明

　　表達某個人做了某件事後，其狀態還持續著。句型 **171** 是描述眼睛所看到的狀態；而句型 **172** 則表示主語為了某個目的去做這件事。當動詞為撥音便的第一類動詞和「─・ぎます」時，其接續方式為「～で　あります」。

小叮嚀

　　日文裡的他動詞是英文裡的及物動詞，自動詞和他動詞往往成對出現。

會　話

　お金は　もう　両替して
あります か。

錢已經換好了嗎？

　いいえ、まだです。

不，還沒。

これから　します。

接下來要換。

代　換

① 廊下、掃除して、掃除します

走廊，打掃，打掃

② おむつ、買って、買って　きます

尿布，購買，去買

句型173

（イ形容詞語幹）そうです /
そうでは　ないです。

看起來～ / 看起來不～ 。

句型174

（ナ形容詞語幹）そうです /
そうでは　ないです。

看起來～ / 看起來不～。

句型175

（動詞ます形）そうです /
そうも　ないです。

看起來～ / 看起來不～。

說　明

　　現在的外觀上看起來為某種狀態，是主觀的推測。

「そうです」接續在イ形容詞「よい」（好的）、「ない」（不是；沒有）後面時，為「よさそうです」、「なさそうです」。

會話1

ここの 定食は おいしそう ですね。
<small>ていしょく</small>

這裡的套餐看起來很好吃的樣子耶。

中に 入って 食べて みましょうか。
<small>なか はい た</small>

進去吃看看吧？

ええ、そうしましょう。

好啊，就這樣做吧。

代換

① 刺身、新鮮そう　生魚片，看起來新鮮
<small>さしみ しんせん</small>

② お好み焼き、安そう　大阪燒，看起來便宜
<small>この や やす</small>

會話2

お久しぶりです。
<small>ひさ</small>

好久不見！

お久しぶりです。
<small>ひさ</small>

好久不見！

元気そう ですね。

你看起來很有精神耶。

はい、お蔭様で。

是，託妳的福。

代 換

① とても 幸せそう 看起來非常幸福

② お体が 丈夫そう 看起來身體強健

會話3

何だか **雨が 降りそう** ですね。

總覺得好像要下雨了耶。

ええ、空が だいぶ 暗く なりましたね。

是啊，天色變得相當暗了耶。

先に 帰ります。

我先回去了。

気を つけて。

小心喔。

代 換

① 台風が 来そう 颱風好像要來

② 雷が しそう 好像要打雷

句型176

（大主語）は　（小主語）が
（イ形容詞 / ナ形容詞語幹）
です。
（某人、某物、某地點）的（某部分）
很～。

說 明

　　表示在某個人、事、物上的某個部分的狀態或性質如何。

小叮嚀

　　不要受到中文的影響，而說成「～の～は～です」喔。

台湾は　食べ物が　おいしいですね。

台灣的食物很好吃耶。

そうですね。何が　1番　好きですか。

是啊。最喜歡什麼呢？

臭い　豆腐が　1番　好きです。

最喜歡臭豆腐。

代 換

① おいしい　もの、いっぱい、焼きビーフン

好吃的東西，一大堆，炒米粉

② 果物、豊富、マンゴー

水果，豐富，芒果

句型177

（名詞）の　ようです。
彷彿；好像（某人、某地或某物）。

說明

用某個性質或特徵相似的人、地或事物，來比喻另一個人、地或事物。

小叮嚀

通常和「まるで」（宛如）一起使用。口語用法為「（名詞）＋みたい（だ）」。

會話

この　図書館の　外観は　とても　立派ですね。

這個圖書館的外觀非常雄偉耶！

そうですね。まるで　お城の　ようです。

是啊。好像城堡一般。

代換

① 学生寮、高級ホテル　學生宿舍，高級飯店

② 美術館、豪邸　美術館，豪宅

（名詞）らしいです。

像（某人、某地或某物）似的。

說 明

表示十分具有作為某個人、地、物的性質。

小叮嚀

「らしい」的前後如果是同一個名詞，表示符合這個名詞應有的性質。例如「彼は 男らしい男です」是指「他是個有男子氣概的男人」。

會 話

今年の 春の 気候は どうでしたか。
今年春天的氣候如何呢？

春らしい日が 少なかったと 思います。
我認為像春天的日子很少。

代 換

① 夏、夏 　夏天，夏天

② 秋、秋 　秋天，秋天

（名詞1）の ような （名詞2）。

像（某人、某地或某物）
那樣的（某人、某地或某物）。

說 明

舉某個公認為擁有某個特質的事物來進行比喻。

小叮嚀

名詞1是例子，名詞2則是被描述的主題。

會 話

東京の ような にぎやかな 所が
好きですか。

你喜歡像東京那樣熱鬧的地方嗎？

いいえ、好きじゃ ありません。

不，不喜歡。

代 換

① 神戸、海が 見える　神戸，看得到海
② 大阪、食べ物が おいしい　大阪，食物好吃

（名詞 / 動詞た形+た）の　ように
（動詞 / イ形容詞 / ナ形容詞）。

像（某人、某物或某動作）的～。

說　明

　　用相近的人、事物或某個動作，來比喻某個狀況。

小叮嚀

　　口語表達為「（名詞 / 動詞た形+た）みたいに～」。

會　話

🍎 高橋<ruby>高橋<rt>たかはし</rt></ruby>さんは　どんな　人<rt>ひと</rt>ですか。

高橋小姐是怎麼樣的人呢？

彼女<rt>かのじょ</rt>は　花<rt>はな</rt>の　ように　きれいな　人<rt>ひと</rt>です。

她是像花一般漂亮的人。

① テレサ・テン、歌が　上手な

鄧麗君，很會唱歌的

② お母さん、とても　優しい

媽媽，非常溫柔的

句型181

（動詞假定形／イ形容詞語幹＋
けれ）ば、～。

如果～的話，就～。

說 明

表示假定條件，或未發生的事情發生的話
情況為何。

小叮嚀

必須以助詞「が」來提示條件句的主語。
否定形為「—・なければ」（如果不～的
話）。

會話

週末、 天気が　よければ 、
何を　しますか。

週末，天氣好的話，要做什麼呢？

お花見を　します 。

賞花。

代換

① 雨が　降れば、家で　本を　読みます

下雨的話，在家裡看書

② 寒く　なれば、温泉へ　行きます

變冷的話，去泡溫泉

（ナ形容詞語幹 / 名詞）
なら（ば）、～。

如果～的話，就～。

說 明

　　和句型 **181** 相同，表示假定條件、或未發生的事情發生的話情況為何。只是接續的方式為「なら（ば）」。

小叮嚀

　　必須以助詞「が」來提示條件句的主語。否定形為「—・で　なければ」（如果不～的話）。

あした　 暇なら 、いっしょに

ドライブ に　行きませんか。

明天有空的話，要不要一起開車兜風去呢？

いいですね。

好啊！

代換

① いい　天気なら、海　好天氣的話，海
② 雨で　なければ、温泉　沒下雨的話，溫泉

（動詞普通形 ／ イ形容詞普通形 ／
ナ形容詞普通形 ／ 名詞普通形）
と、～。

一～，就～。

說明

表示前述的條件一成立，必然出現後面的
結果。

小叮嚀

必須以助詞「が」來提示條件句的主語。

郵便局（ゆうびんきょく）へ　行（い）きたいんですが、

どうやって　行（い）ったら　いいですか。

我想去郵局，要怎麼去才好呢？

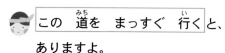

この　道（みち）を　まっすぐ　行（い）くと、

ありますよ。

直直走這條路的話，就有喔。

代 換

① ろっぴゃく
　600メートルぐらい　歩（ある）いて　橋（はし）を　渡（わた）る

走六百公尺左右後過橋

② あそこの　角（かど）を　右（みぎ）へ　曲（ま）がる

在那邊的轉角向右轉

（動詞た形+た / イ形容詞過去肯定普通形 / ナ形容詞過去肯定普通形 / 名詞過去肯定普通形）ら、～。

如果～，就～。

說明

表示在某個假定條件下將如何，否定形為「—・なかったら」（如果沒有～的話）。必須以助詞「が」來提示條件句的主語。當動詞為撥音便的第一類動詞和「—・ぎます」時，其接續方式為「～だら、～」。

小叮嚀

某些「動詞た形+たら」的句子，並沒有假定的意思，而是表示在某個動作結束後，進行另一個動作，例如「駅に　着いたら、電話してください」（到達車站後，請給我電話）。

お金が たくさん あったら、
何を しますか。

如果有很多錢的話，要做什麼呢？

 いい 車を 買います。

買好車。

代換

① お金持ちに なった、海外旅行を します

成為有錢人，去國外旅行

② ボーナスを もらった、
高級レストランで 食事を します

領到獎金，在高級餐廳用餐

（動詞て形+て /
イ形容詞語幹+くて /
ナ形容詞語幹+で /
名詞+で）も、～。
即使～，也要～。

說 明

　　表示某個條件成立，卻沒有出現一般認為
理所當然的舉動或結果。句子最前面通常出現
「いくら」（怎麼～）。當動詞為撥音便的第
一類動詞和「―・ぎます」時，其接續方式為
「～でも、～」。

小叮嚀

　　動詞和イ形容詞的否定形為「―・なくて
も」（即使不～，也要～）；ナ形容詞和名
詞的否定形為「―・で　なくても」（即使
不～，也要～）。

會話

新しい　タイプの　携帯電話を
買いますか。

要買新型的手機嗎？

ええ。高くても、買います。

是的。即使貴，也要買。

代換

① お金を　少し　借りて

借一些錢

② おいしい　ものは　食べなくて

不吃好吃的東西

（動詞普通形 / イ形容詞普通形 /
ナ形容詞語幹 / 名詞）なら、〜。

要是〜的話，〜。

說　明

說話者承接對方說的話，提出自己的建議、請求、意志等。

小叮嚀

口語中，會在「なら」之前加「の」或「ん」。

會　話

ちょっと　スーパーへ　行って

きます。

我去超市一下。

スーパーへ　行く なら、ついでに

みりんを　買って　きて　ください。

去超市的話，請順便買味醂回來。

30
條件

代 換

① コンビニへ 行って、コンビニへ 行く

去便利商店，去便利商店

② 晩ご飯を 食べに 行って、

晩ご飯を 食べに 行く

去吃晚餐，去吃晚餐

③1 推測的表達

句型 187

（動詞普通形 / イ形容詞普通形 /
ナ形容詞語幹 / 名詞）でしょう /
だろう。

大概～吧！

說 明

表示對不確定的事情的推測或是天氣預報等。「だろう」是「でしょう」的常體。主詞不能是第一人稱。

小叮嚀

句子最前面通常出現「たぶん」（大概）、「おそらく」（恐怕；也許）。

🍓 お父さんは　来ますか。
とう　　　　き

你爸爸會來嗎？

👦 いいえ、たぶん　来ないでしょう。
こ

不，大概不來吧。

代 換

① 忙しいです、忙しくない
いそが　　　　　　いそが

忙碌，不忙

② 来週　出張します、しない
らいしゅう　しゅっちょう

下個星期出差，不出差

（動詞普通形 / イ形容詞普通形 /
ナ形容詞語幹 / 名詞）だろうと
思います。

我認為大概～吧！

說 明

表達個人對某件事情的推測，確定性比句
型187高。

小叮嚀

「だろう」（～吧！）可以省略。

會 話

🍎 鈴木さんは　どこに　いますか。

鈴木先生在哪裡呢？

👤 図書館に　いるだろうと　思います。

我想在圖書館吧。

代 換

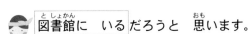

① 食堂に　いる　在餐廳

② プールで　泳いで　いる　在游泳池游著泳

31
推測

（動詞普通形／イ形容詞普通形／
ナ形容詞語幹／名詞）かもしれま
せん。

或許～；可能～。

說 明

表示有某一種可能性，確定性不高。主詞
可以是第一人稱。

小叮嚀

句子前面有時會出現「もしかして」（或
許）、「もしかしたら」（或許）、「ひょっと
すると」（或許）等詞。在日常會話中，「か
もしれません」（說不定）有時省略為「か
も」。

會話

今晩、映画を 見に 行きませんか。

今晩，要不要去看電影呢？

すみませんが、今晩は ちょっと……。

對不起，今晚有點……。

どうしても だめですか。

無論如何都不行嗎？

ええ。病院に 行く

かもしれませんから。

是的。因為可能要去醫院。

代換

① 両親が 家に 来る　父母來家裡
② 残業する　加班

（動詞普通形 / イ形容詞普通形 /
ナ形容詞語幹 / 名詞）
らしいです。

好像～。

說 明

有根據或是有理由的客觀的推測。

小叮嚀

句子前面有時會出現「どうも」（總覺得）。

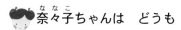

奈々子ちゃんは　どうも

じゃがいもが　苦手らしいですよ。

總覺得奈奈子小朋友好像不敢吃馬鈴薯喔。

いつも　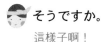だけ

残しますから。

因為總是只剩下馬鈴薯。

そうですか。

這樣子啊！

代　換

① にんじんが　嫌い、にんじん

討厭紅蘿蔔，紅蘿蔔

② とうもろこしが　いや、とうもろこし

討厭玉米，玉米

句型 191

（ 動詞普通形 / イ形容詞普通形 /
ナ形容詞語幹+な / 名詞+の ）
ようです。

好像～。

說 明

　　表示經由自己的感覺、觀察來推測某件
事。

小叮嚀

　　和句型 190 相比，可用在自己主觀的判斷
上。句子前面有時會出現「どうも」（總覺
得）。

會 話

あれっ、誰か 来た ようですよ。

咦，好像誰來了喔。

ちょっと 見に 行って きます。

我去看看。

代 換

① 誰か いる　有人在

② 生徒たちは まだ いる　學生們還在

（動詞普通形 / イ形容詞普通形 / ナ形容詞語幹+な / 名詞+の）
はずです。
應該～。

説明

從邏輯上推斷客觀事物，或是說話者有自信判斷的事情。和其他表達推測的句型相比，該句型有時會表達預定的某件事。

小叮嚀

推斷發生的可能性高達九成以上。

會話

綾ちゃんは　もう　帰りましたか。

小綾已經回來了嗎？

まだ　帰って　いない はずですよ。

應該還沒回家喔。

かばんが　ここに　ありますから。

因為包包還在這裡。

じゃ、もう少し　待ちましょう。

那麼，再稍微等等吧！

代換

① また　戻って　来る　再回來

② その　辺に　いる　在那附近

（動詞普通形 / イ形容詞普通形 /
ナ形容詞語幹+な / 名詞+の）
はずは　ないです。
不可能〜。

說 明

句型 192 的否定形。推斷某件事百分之百沒
有發生的可能性。

小叮嚀

句型 192 的另一個否定形為「〜ないはずで
す」（應該沒有〜；應該不是〜），這個用法
是推斷某件事九成以上沒有發生的可能性，但
是並非完全沒有該可能性。

田中先生は　いませんか。

田中老師不在嗎？

教室には　いません 。

不在教室裡。

教室に　いない はずは　ないです。

不可能不在教室！

教室へ　行くと　言って　いましたから。

因為他說要去教室。

代 換

① 図書館に　いるでしょう、図書館に　いる

在圖書館吧，在圖書館

② もう　帰ったでしょう、家へ　帰った

已經回家了吧，回家了

32 命令的表達

句型194

> **（動詞ます形）なさい！**
>
> 做（某件事）！

說明

溫和的命令句，用於長輩對晚輩。

小叮嚀

有時含有指示的意味。

會話

早く 走りなさい！

快跑！

はい。

好。

代換

① 答え　回答

② 飲み　喝

（動詞命令形）！
做（某件事）！

說 明

語氣強烈的命令句。說話者多為男性。

小叮嚀

有時用在交通號誌，或引用第三者命令句中。

會 話

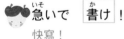 急いで 書け！
快寫！

はい、すみません。
好，對不起。

代 換

① しろ 做
② 見ろ 看

33 使役的表達

句型196

Aは　Bに　（物）を
（他動詞使役形）（さ）せます。
A讓B做（某件事）。

說明

　　長輩強制晚輩做某件事，B是做這個動作的
人。

小叮嚀

　　晚輩要請長輩做某件事的話，要用「～て
もらいます」或「～て　いただきます」來表達
（可參考 27「接受、給予的表達」句型168）。

會話

また 故障した んですが……。

又故障了……。

すみません。今すぐ 係りの 者に

修理させます 。

對不起。現在馬上讓負責的人修理。

代 換

① 動かない、直させます

不動,讓～修好

② 作動しない、調べさせます

不運轉,讓～調查

Aは　Bを　（自動詞使役形）
（さ）せます。
A讓B做（某件事）。

說 明

　　長輩強制晚輩做某件事，B是做這個動作的
人。

小叮嚀

　　「を」在動作上重複出現時，做自動詞這
個動作的人，仍會用「に」，例如「娘に　大学
を　出させました」（讓女兒大學畢業了）。

また　いじめですか。

又在欺負人了嗎？

はい。先輩は　池田さんを

10キロも　走らせました。

是的。學長讓池田同學跑了十公里之多。

ひどいですね。

好過份喔！

代換

① 遅くまで　残業させました

讓～加班到很晚

② 遠くまで　買い物に　行かせました

讓～到很遠的地方買東西

（動詞使役形）（さ）せて
ください。
請讓我做（某件事）。

說明

請求對方允許自己做某件事的客氣表達方式。

小叮嚀

更委婉的說法為「～（さ）せて　くれますか」（能讓我～嗎）、「～（さ）せて　くれませんか」（能不能讓我～嗎）、「～（さ）せて　もらえますか」（能讓我～嗎）、「～（さ）せて　いただけませんか」（能不能讓我～嗎）。

すみませんが、 その 辞書を 使わせて
ください。

對不起，請讓我使用那本字典。

はい、どうぞ。

好，請。

代 換

① 電話を かけさせて 讓我打電話

② タバコを 吸わせて 讓我抽菸

33 使役

句型 199

> Aは　Bに　（動詞被動形）
> （ら）れます。
>
> A被B（進行某個行為）。

說 明

　　A是接受行為的人，B是進行行為的人。如果B是「我」的話，則不構成被動句。

小叮嚀

　　如果B不是個人，而是某個團體，要將「に」改為「から」。

會話

🍎 きょう　部長に　呼ばれました。

今天被經理叫過去了。

😎 何か　あったんですか。

有什麼事嗎？

🍎 今月の　業績に　ついて、
注意されました。

被警告了這個月的業績。

代換

① 言われました、残業の　こと

被唸了，加班一事

② 叱られました、展覧会の　準備の　しかた

被罵了，展場的準備方式

Aは　Bに　（物）を

（動詞被動形）（ら）れます。

A的（某物）被B（進行某個行為）。

説　明

　　表達與A有關的某物，受到B某個行為的影響。

小叮嚀

　　多用在A受害的情況。

會　話

🍓 花子（はなこ）さん、元気（げんき）が　ないですね。

どうしたんですか。

花子同學沒什麼精神耶。

怎麼了嗎？

🥷 彼女（かのじょ）は　犬（いぬ）に　足（あし）を　噛まれました。

她被狗咬了腳。

代　換

① 泥棒、財布を　取られました

小偷，被偷了錢包

② 劉さん、自転車を　壊されました

劉同學，被弄壞了腳踏車

（主詞）は　（動詞被動形）（ら）れます。

某人遭受（某個行為）。

說 明

某人因為他人的行為而被打擾。

小叮嚀

多用在受害的情況。

會 話

ゆうべは　よく　眠^{ねむ}れましたか。

昨晚，睡得好嗎？

いいえ。隣^{となり}の　人^{ひと}に

夜^{よる}　遅^{おそ}くまで　騒^{さわ}がれて、

あまり　眠^{ねむ}れませんでした。

沒有。被鄰居吵到很晚，所以睡不太好。

代 換

① 夫、いろいろ 聞かれて

我先生，被問各種問題

② 隣の 人、ギターを 弾かれて

鄰居，被彈吉他干擾

句型202

（主詞）が／は　（動詞被動形）
（ら）れます。

（某事物）被（進行某動作）。

說 明

　　客觀的敘述某件社會性或一般性的事實。
並沒有受害的意味。

小叮嚀

　　如果要指出作者或發明者的話，在「が」
或「は」的後面，要接續「（人）に　よって」
（藉由某人）。

この　 雑誌 は　面白いですね。

這本雜誌很有趣呢。

そうですね。若者に　よく　 読まれて

いますよ。

是啊。一直被年輕人閱讀著喔。

代 換

① ことば、使われて　字彙，被使用

② おもちゃ、遊ばれて　玩具，被玩

（主詞）は　（動詞使役形）
さ（せら）れます。
（某人）被迫（進行某動作）。

說 明

　　接受他人的命令或聽從他人的指示，在感到不愉快的情況下做某件事。

小叮嚀

　　這個句型的變化方式，因為是由「使役形+被動形」而來，文法上稱為「使役被動形」，第一類動詞的句尾「～させられます」，發音多連結變成「～されます」。如果辭書形是以「す」來結尾的第一類動詞（如「話す」），則使用「～せられます」（如「話せられます」）的形式。

會話

 きのう　妻に　家事を

手伝わされました 。

昨天我被太太叫去幫忙做了家事。

それは　大変でしたね。

那還真辛苦耶！

代換

① 先生、野球の　練習、させられました

老師，棒球的練習，被要求做了

② 母、部屋、片付けさせられました

我媽媽，房間，被要求打掃了

35 尊敬、謙讓的表達

句型204

（主詞）は　お（和語動詞ます形）
に　なります。

（某人）做（某個動作）。

說明

說話者為了表達對對方的敬意，將對方所
做的動作，以尊敬的敬語型態來表示。

小叮嚀

有幾個特殊動詞，其尊敬語不使用這個變
化方式，而有它獨特的說法，例如「います」
（在）、「来ます」（來）、「行きます」
（去）的尊敬語為「いらっしゃいます」。

會話

先生、 先週の レポートは もう

お読みに なりましたか。

老師，您已經讀過上個星期的報告了嗎？

いいえ、まだです。

不，還沒有。

代換

① ご家族の 意見、まとめ

您家人的意見，彙整

② 息子さんへの プレゼント、買い

給您兒子的禮物，買

お（和語動詞ます形）します /
いたします。

我做（某個動作）。

說 明

　　說話者為了表達對對方的敬意，而貶低自己或己方的人的動作。「いたします」是「します」的謙讓語。

小叮嚀

　　有幾個動詞的謙讓表現方式是特殊動詞，不使用這個變化方式。例如「来ます」（來）、「行きます」（去）的謙讓語為「まいります」。

會話

それは 何ですか。

那是什麼呢？

富士山の 写真です。

是富士山的照片。

お見せ しましょうか。

我讓你看吧。

ええ。

好。

代 換

① 日本の お茶、入れ

日本茶，泡茶

② スーパーの ちらし、取り

超市的廣告單，拿

國家圖書館出版品預行編目資料

超簡單 日語句型會話帶著背！／林文茜著

--初版--臺北市：瑞蘭國際，2010.11

320面；10.4 x 16.2公分 --（隨身外語系列；14）

ISBN：978-986-6567-56-8（平裝附光碟片）

1.日語 2.句法

803.169　　　　　　　　　　　　　99020122

隨身外語系列 14

超簡單 日語 句型會話帶著背！

作者｜林文茜

責任編輯｜葉仲芸、こんどうともこ、王愿琦

董事長｜張暖彗・社長｜王愿琦・總編輯｜こんどうともこ

企畫部主任｜王彥萍・主編｜呂依臻・編輯｜葉仲芸・美術編輯｜張芝瑜

日文錄音｜今泉江利子、野崎孝男・錄音室｜不凡數位錄音室

封面設計、排版｜張芝瑜

出版社｜瑞蘭國際有限公司・地址｜台北市大安區安和路一段104號7樓之1

電話｜(02)2700-4625・傳真｜(02)2700-4622・訂購專線｜(02)2700-4625

劃撥帳號｜19914152 瑞蘭國際有限公司

總經銷｜聯合發行股份有限公司・電話｜(02)2917-8022、2917-8042

傳真｜(02)2915-6275、2915-7212・印刷｜宗祐印刷有限公司

出版日期｜2010年11月初版1刷・定價｜249元・ISBN｜978-986-6567-56-8